어린 왕자

큐알코드를 스캔하면 한글판과 영문판 The Little Prince
PDF를 다운받을 수 있습니다.

어린 왕자
The Little Prince

2025년 3월 10일 초판 1쇄 인쇄
2025년 3월 15일 초판 1쇄 발행

지은이 F. 스콧 피츠제럴드
옮긴이 더페이지
발행인 손건
편집기획 김미정
마케팅 최관호
디자인 김정희
제작 최승용
인쇄 선경프린테크
이미지 www.shutterstock.com

발행처 열린문학
주소 서울시 영등포구 영신로 34길 19
등록번호 제 312 - 2006 - 00060호
전화 02) 2636 - 0895
팩스 02) 2636 - 0896
이메일 elancom@naver.com

ISBN 979-11-7142-079-7   03840

*열린문학은 ***LanCom***의 문학 · 인문 브랜드입니다.

The Little Prince

어린 왕자

앙투안 드 생텍쥐페리 지음 + 더페이지 옮김

열린 문학

나는 어린 왕자가 이동하는 철새 떼를 따라왔으리라 생각한다.

CARTE POSTALE
Ce côté est exclusivement réser à l'adresse.

레옹 베르트에게

어린이들이여! 내가 이 책을 어른에게 바치는 것을 이해해주렴. 거기엔 그럴 만한 이유가 있단다. 이 사람은 나의 가장 소중한 친구이기 때문이지. 또 다른 이유는 그는 모든 것을, 심지어 어린이를 위한 책도 이해할 수 있는 사람이라는 거야. 게다가 세 번째 이유도 있어. 그는 프랑스에서 살고 있는데, 춥고 배고픈 삶을 살고 있기 때문에 내가 용기를 줄 필요가 있단다.

어린이들이여! 내 변명을 이해해 주겠는가?

그래도 이해할 수 없다면 헌사를 다시 쓰겠다. '어린 시절의 내 친구에게 이 책을 바친다'라고. 어른들도 누구나 처음엔 어린이였으니까(그걸 기억하는 어른은 거의 찾아볼 수 없지만).

그래서 헌사를 이렇게 수정하겠다.

어린 소년이었을 때의
레옹 베르트에게 바침

1

여섯 살 때 나는 '대자연의 실화'라는 원시림에 관한 책에서 굉장히 인상적인 그림을 보았다. 동물 한 마리를 삼키고 있는 보아뱀 그림이었다. 이 그림은 그것을 그대로 따라 그려본 것이다.

책에는 이렇게 적혀 있었다. '보아뱀은 먹이를 씹지 않고 통째로 삼킨다. 그 후에는 움직이지 못하고 먹이가 소화되는 6개월 동안 잠을 잔다.'

그때 나는 정글의 모험에 대해 깊이 생각하게 되었다. 그러고 나서 색연필로 나의 첫 번째 그림을 완성했다. 내 그림 제1호. 바로 이 그림이다.

나는 이 위대한 작품을 어른들에게 보여주면서 혹시 그림이 무서운지 물어보았다. 하지만 그들은 "무섭냐고? 모자가 왜 무서워?"라고 대답했다.

내 그림은 모자 그림이 아니었다. 그것은 코끼리를 소화시키고 있는 보아뱀이었다. 그래서 나는 어른들도 이해할 수 있도록 보아뱀의 내부를 그렸다. 어른들에겐 언제나 설명을 해줘야 한다. 내 그림 제2호는 이렇다.

이 그림을 보고 어른들은, 뱃속이 보이든 안 보이든 보아뱀 그림은 집어치우고 지리·역사·수학 그리고 문법 같은 과목에 관심을 가져보는 게 어떻겠냐고 충고해 주는 것이었다. 그래서 나는 여섯 살 나이에 화가라는 멋진 직업을 포기했다. 내 그림 제1호와 제2호가 실패한 데에 실망했던 것이다. 어른들은 혼자서는 아무 것도 이해하지 못한다. 언제나 설명을 해줘야 하니 어린이들에게는 여간 피곤한 노릇이 아니다.

그래서 나는 다른 직업을 선택했고, 비행기 조종법을 배웠다. 나는 거의 안 다녀 본 데가 없을 정도로 세상 여기저기를 날아다녔다. 지리학이 내게 아주 큰 도움이 되었던 것은 사실이다. 나는 한눈에 중국과 애리조나를 구별할 줄 알았고, 밤에 하늘에서 길을 잃었을 때 그런 지식은 굉장히 유용하다.

지금까지 살면서 나는 중요한 일에 종사하는 수많은 사람들을 만나보았다. 어른들 사이에서 살았고, 그들과 아주 가까이에서, 친밀하게 접촉하며 오랫동안 보았다. 하지만 어른들에 대한 나의 생각은 그다지 달라지지 않았다.

똑똑해 보이는 사람을 만날 때마다 나는 항상 품에 갖

고 다니는 그림 제1호를 꺼내어 보여주는 것으로 그 사람을 시험해 보았다. 그 사람이 정말로 뭔가를 좀 이해할 줄 아는 사람인지 알고 싶었던 것이다. 하지만 그들은, 남자든 여자든, 항상 이렇게 대답하는 것이었다. "그건 모자잖아요."

그러면 나는 그에게 보아뱀이나 원시림 그리고 별들에 관해 얘기는 절대로 꺼내지도 않았다. 나는 대화 수준을 그 사람에게 맞도록 낮추었다. 나는 브리지 게임(일종의 카드게임), 골프, 정치, 넥타이 따위에 대한 이야기만 했다. 그러면 그들은 아주 교양 있는 사람을 만났다면서 엄청 유쾌해 했다.

2

그래서 나는 6년 전 사하라 사막에서 비행기 사고를 당할 때까지, 진심으로 마음을 나누며 대화할 사람 하나 없이 혼자서 외롭게 살고 있었다.

비행기 엔진이 뭔가 고장을 일으켰다. 그때 나에게는 정비사도 승객도 아무도 없었기 때문에 나는 혼자서 수리를 해 보기로 마음먹었다. 나로서는 죽느냐 사느냐, 목숨이 걸린 문제였다. 물도 겨우 일주일 마실 정도밖에 없었다.

첫날 밤, 나는 사람이 사는 지역에서 수천 킬로미터나 떨어진 사막에서 잠이 들었다. 나는 바다 한가운데에서 뗏목 위에 떠있는 난파선의 뱃사람보다 더 고립되어 있었다. 그러니 동이 틀 무렵, 작고 특이한 목소리가 나를 깨웠을 때 내가 얼마나 놀랐을지 상상이 갈 것이다. 목소리가 말했다.

"저기- 양 한 마리만 그려 주세요."

"뭐라고?"

"양 한 마리만 그려 달라고요."

나는 벼락을 맞은 것처럼 벌떡 일어났다. 세차게 눈을 비비고 조심스럽게 주위를 둘러보았다. 아주 이상하게 생긴 작은 사람이 나를 심각한 표정으로 지켜보며 서 있는 것이 보였다. 훗날 내가 그를 그린 그림 중에서 가장 잘된 것이 여기 있다. 하지만 내 그림은 실물보다는 확실히 매력이 떨어진다.

어쨌든 그것은 내 잘못이 아니다. 여섯 살 때 화가로서의 나의 꿈은 어른들에 의해 좌절되었고, 나는 뱃속이 보이는 보아뱀과 안 보이는 보아뱀 말고는 아무것도 그려 본 적이 없었다.

이제 나는 눈을 휘둥그레 뜨고 이 유령 같은 아이를 바라보았다. 내가 사람이 사는 지역에서 수천 킬로나 떨어져 있었다는 사실을 기억해 주기 바란다. 그런데 이 꼬마는 길을 잃은 것처럼 보이지도 않았고, 피곤해 보이지도 않았으며, 배고프거나 목 마르거나 겁에 질린 것 같지도 않았다. 사람이 사는 지역에서 수천 킬로나 떨어진 사막 한가운데에서 길을 잃은 기색이라곤 찾아볼 수 없었다. 마침내 나는 그에게 말을 걸 수 있었다.

훗날 내가 그를 그린 그림 중에서
가장 잘된 것이 여기 있다.

"하지만, 넌 여기서 뭘 하고 있니?"

그러자 그는 아주 천천히, 아주 중요한 일을 말하고 있는 것처럼 반복해서 말했다.

"부탁이에요… 양을 한 마리 그려 줘요."

신비로운 상황이 너무나 압도적인 경우에는 아무도 감히 거역하지 못하는 법이다. 사람 사는 마을에서 수천 킬로 떨어진 사막에서 죽을 위험에 처해 있었으면서도, 물론 엉뚱한 짓이라고 생각하기는 했지만 나는 주머니에서 종이와 만년필을 꺼냈다. 그러나 내가 공부한 것은 지리·역사·수학·문법뿐이라는 사실이 떠올랐고, 나는 꼬마 녀석에게 (약간 삐딱하게) 그림을 그릴 줄 모른다고 말했다. 아이는 대답했다. "상관없어요. 양을 그려 줘요."

양은 그려 본 적이 없었으므로 나는 일단 전에 그렸던 두 가지 그림 중 하나를 그려 주었다. 겉만 보이는 보아뱀 말이다. 그런데 나는 어린 친구의 반응에 깜짝 놀라고 말았다.

"아니, 이거 말고요, 보아뱀이 코끼리를 삼킨 그림은 필요 없어요. 보아뱀은 아주 위험하고 코끼리는 너무 커요. 내가 사는 곳은 모든 것이 아주 작거든요. 필요한 건 양이에요. 양을 그려 줘요."

그래서 나는 양을 그려 줬다. 그는 가만히 바라보더니 말했다.

“안 돼요! 이 양은 이미 병들었어요. 다시 그려 줘요.”

그래서 나는 다시 그렸다.

꼬마 친구는 상냥하고 너그러운 미소를 보였다.

“잘 봐요. 이건 양이 아니라 염소에요. 뿔이 있잖아요.”

나는 다시 양을 그렸다. 그러나 그것도 역시 퇴짜였다.

“너무 늙었네요. 난 오래 살 양을 갖고 싶어요.”

이제 슬슬 내 인내심도 바닥을 드러내고 말았다. 서둘러 비행기를 수리해야만 했기 때문이다. 그래서 그림을 대충 끄적거려 놓고 한 마디 던졌다.

“이건 그냥 그의 상자야. 네가 원하는 양은 그 안에 있어.”

어린 재판관의 얼굴이 환해

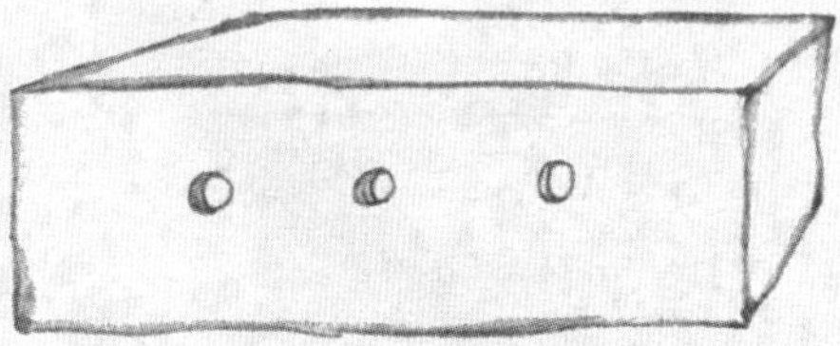

지는 걸 보고 나는 깜짝 놀랐다.

"바로 이게 내가 원했던 거예요! 양에게 풀을 많이 줘야 할까요?"

"왜?"

"내가 사는 곳은 모든 게 아주 작거든요."

"그놈에겐 풀이 충분할 거야. 내가 준 건 아주 어린 양이니까."

그는 다시 그림을 들여다보았다.

"그렇게 작지도 않은데요. 이거 봐요! 잠들었네."

이렇게 해서 나는 어린 왕자와 아는 사이가 된 것이다.

3

그가 어디서 왔는지 내가 알게 되는 데는 긴 시간이 걸렸다. 어린 왕자는 내게 수많은 질문을 던지면서도 내 질문에는 전혀 관심을 보여주지 않았다. 그가 우연히 흘리는 말을 들으며 나는 조금씩 그의 모든 것을 알게 되었다. 예를 들면 내 비행기를 처음 봤을 때(비행기는 그리지 않겠다. 너무 복잡한 기계니까) 그는 이렇게 물었다.

"저 물건이 뭔가요?"

"그건 물건이 아니야. 하늘을 나는 비행기란다. 내 비행기야."

내가 날 수 있다는 것을 그에게 일러주면서 나는 자랑스러웠다. 그때 그가 큰소리로 외쳤다.

"뭐라고요! 아저씨도 하늘에서 떨어졌어요?"

"그래 맞아." 나는 대수롭지 않게 대답했다.

"야아! 재미있네."

그리고 어린 왕자는 천진난만하게 웃음을 터뜨렸는데

그것이 무척 내 신경을 건드렸다. 내 불행을 진지하게 생각하지 않는 것 같았던 것이다.

"그럼 아저씨도 하늘에서 왔군요! 어느 별에서 왔어요?"

그 순간 나는 어린 왕자의 비밀을 이해하는 데 한 줄기 빛을 발견하고 불쑥 물어보았다.

"너는 다른 별에서 온 거구나?"

그러나 그는 역시 대답하지 않았다. 그의 시선이 내 비행기에 고정된 채 부드럽게 고개를 흔들었다.

"저걸 타고 왔다면 그리 먼 곳은 아니겠군……"

그는 한동안 생각에 잠겼다가, 주머니에서 내가 그려 준 그림을 꺼내어 보물처럼 골똘히 들여다보았다. '다른 별'이라는, 그가 슬쩍 내비친 비밀에 내 호기심이 얼마나 자극받았을지 상상해 보라.

"어린 친구, 넌 어디서 왔지? '네가 사는 곳'은 도대체 어디야? 양을 어디로 데려가려는 거니?"

그는 묵묵히 생각에 잠겨 있다가 대답했다.

"아저씨가 그려 준 상자가 밤에는 양의 집이 될 테니까 잘됐어."

"그렇지. 그리고 네가 착하게 굴면 낮에 양을 묶어 놓

소행성 B-612호에 있는 어린 왕자

을 수 있는 끈과 말뚝도 그려줄게."

하지만 어린 왕자는 이 제안에 충격을 받은 것 같았다.

"묶어 놓는다고요? 아주 이상한 생각이군요!"

"묶어 놓지 않으면 양이 어디로 가버릴 수도 있고 길을 잃을 수도 있잖아."

그러자 어린 친구는 다시 웃음을 터뜨렸다.

"양이 어디로 갈 거라고 생각하세요?"

"어디라도. 앞으로 쭉……."

그랬더니 어린 왕자는 진지한 얼굴로 말했다.

"걱정 없어요. 내가 사는 곳은 모든 것이 아주 작으니까요!"

그리고, 약간 슬픔이 깃든 표정으로 덧붙였다.

"앞으로 쭉 가더라도 멀리 갈 수는 없어요."

4

이렇게 해서 나는 아주 중요한 두 번째 사실을 알게 되었다. 어린 왕자가 살던 별이 겨우 집 한 채 정도의 크기밖에 안 된다는 것!

그것은 사실 크게 놀랄 일도 아니었다. 지구·목성·화성·금성처럼 이름이 있는 커다란 행성 말고도 수많은 별들이 있고, 어떤 것들은 너무 작아서 망원경으로도 보이지 않는다는 것을 나는 잘 알고 있었다. 천문학자가 그런 별을 발견하면 이름 대신 번호를 붙인다. 예를 들면, '소

행성 325호' 하는 식으로 부르는 것이다.

나에게는 어린 왕자가 살던 별이 소행성 B-612호라고 믿을 만한 상당한 근거가 있다. 그 소행성은 딱 한 번 망원경에 포착되었다. 1909년, 터키의 천문학자에 의해서였다.

이 천문학자는 국제천문학회에서 자신의 발견을 훌륭하게 증명했다. 그러나 그가 입은 터키 전통의상 때문에 아무도 그의 말을 믿지 않았다. 어른들이란 늘 이런 식이다.

어쨌든 터키의 독재자가 국민들에게 서구식 의복을 입지 않으면 사형에 처한다는 법을 만든 것은 소행성 B-612호의 명성을 위해서는 다행스러운 일이었다. 1920년에

이 천문학자는 깔끔한 양복을 입고 자신이 발견한 별을 다시 증명했다. 이번에는 모두가 그의 주장을 인정했다.

내가 소행성 B-612호에 관해서 이렇게까지 자세하게 이야기하고 그 번호까지 거론하는 것은 모두 어른들 때문이다.

어른들은 숫자를 좋아한다. 어른들에게 새로 사귄 친구에 대해 이야기를 했을 때 그들이 본질적인 질문을 하는 일은 절대로 없다.

"그 애 목소리는 어떠니? 그 애가 제일 좋아하는 놀이는 뭐지? 나비를 수집하니?"라고 묻는 대신 그들은 "나이는? 형제는? 체중은? 아버지는 돈을 얼마나 벌어?"라고 묻는다.

이런 숫자를 통해 그 친구를 파악했다고 생각하는 것이다. 어른들에게 "창문에는 예쁜 제라늄 화분이 있고 지붕에는 비둘기가 앉아 있는 장밋빛 벽돌집을 봤어요." 라고 말하면 그들은 그 집에 관해 아무런 단서도 얻지 못한다. 그러니까 그들에게는 "십만 프랑 짜리 집을 봤어요." 라고 말해야 한다. 그러면 그들은 "어이쿠, 정말 굉장한 집이구나!" 라고 감탄한다.

그러니 "어린 왕자는 매력적이었고, 잘 웃었고, 양 한 마리를 갖고 싶어 했어. 누군가가 양을 갖고 싶어 한다면 그게 바로 그가 존재한다는 증거야." 라고 이야기한들 그게 어른들에게 무슨 소용이 있겠는가? 그들은 어깨를 으쓱하고는 당신을 어린아이 취급할 것이다. 하지만 "어린 왕자는 소행성 B-612호에서 왔어요." 라고 말하면 그들은 납득하고 더 이상 귀찮게 질문하지 않을 것이다.

어른들에게는 그런 속성이 있다. 그렇다고 그들을 나쁘게 생각해서는 안 된다. 어린이는 어른을 항상 너그럽게 대해야만 한다. 하지만 인생을 진정으로 이해한다면 숫자는 그렇게 중요한 것이 아니다. 나는 이 이야기를 동화처럼 시작하고 싶었다.

"옛날에 어린 왕자가 자기 몸보다 좀 클까 말까 한 작은 별에서 살고 있었어요. 그는 양을 갖고 싶었답니다."

인생을 이해하는 사람들에겐 이런 이야기가 훨씬 더 진실된 느낌을 주었을 것이다. 왜냐하면 나는 사람들이 내 책을 가볍게 읽고 잊어버리는 것을 원치 않기 때문이다.

이 추억을 회고하면서 나는 깊은 슬픔과 마주해야 했다. 나의 친구가 양을 데리고 떠난 지도 어느새 6년이 흘렀다. 내가 친구 이야기를 열심히 하는 것은 그를 잊지 않기 위해서이다. 친구를 잊는다는 것은 슬픈 일이니까. 누구나 친구를 갖고 있는 것은 아니다. 그리고 내가 그를 잊어버린다면, 나도 숫자밖에는 관심이 없는 어른이 되고 말 것이다.

내가 그림물감 한 상자와 연필을 산 것도 역시 그런 이유 때문이었다. 여섯 살 때, 보아뱀의 겉과 뱃속 이외에는 그려 본 일이 없는 사람이, 이 나이에 다시 그림을 그린다는 것은 어려운 일이다. 물론 나는 나름대로 어린 왕자의 실물에 가깝게 그리려고 노력할 것이다. 하지만 성공할 것이라는 자신은 없다. 어떤 그림은 괜찮은 편인데 어떤 그림은 별로 닮지 않았다. 어린 왕자의 키도 어떤 그림에선 너무 크고 다른 그림에선 너무 작다는 식으로 실수를

저질렀다. 그의 옷 색상에 대해서도 역시 자신이 없다. 그래서 나는 성공과 실패를 반복하면서 어렵게 그리겠지만 대체로 괜찮기를 바란다.

그런데 어떤 중요한 장면에서 잘못 그릴 수도 있다. 하지만 그것은 내 잘못이 아니다. 내 친구는 어떤 것도 설명해준 적이 없었기 때문이다. 친구는 아마 내가 자신과 비슷하다고 생각했던 것 같다. 그러나 유감스럽게도 나는 상자 속에 있는 양을 볼 수 있는 능력이 없다. 나도 이제 나이를 먹어서 어느 정도는 어른들과 비슷해진 것일지도 모르겠다.

5

하루하루 이야기를 나누면서 나는 어린 왕자의 별과 그가 별을 떠나게 된 사연과 그의 여행에 대해 조금씩 알게 되었다. 말하다가 우연히 떨어지는 정보를 주워듣는 방식이라 나는 사실을 아주 천천히 알 수밖에 없었다. 사흘째 되는 날 나는 그런 식으로 바오밥나무의 비극을 듣게 되었다.

이번에도 양의 덕분이었다. 불쑥 어린 왕자가 심각한 의문에 사로잡힌 것처럼 내게 물었다.

"양이 작은 나무를 먹는다는 게 사실이에요?"

"그럼! 사실이야."

"아! 참 잘됐네!"

양이 작은 나무를 먹는 게 왜 그렇게 중요한지 나는 알 수 없었다. 어린 왕자가 덧붙였다.

"그럼 바오밥나무도 먹겠네요?"

나는 어린 왕자에게 바오밥나무는 작은 나무가 아니라

성채만큼이나 거대한 나무라는 것과, 그래서 코끼리 떼를 몰고 가도 바오밥나무 한 그루를 먹어치우지 못할 것이라고 말해주었다. 코끼리 떼라는 말에 어린 왕자는 웃으며 말했다.

"그럼 코끼리들을 겹쳐 놓아야겠네요."

그리고 왕자는 지혜롭게 말했다.

"바오밥나무도 크게 자라기 전에는 작아요."

"물론이지! 그런데 왜 양이 작은 바오밥나무를 먹어치우길 바라는 거지?"

어린 왕자는 즉시 "아휴, 참!" 하며, 뻔한 것 아니냐는 듯 대꾸했다. 그래서 나는 혼자서 문제를 푸느라고 한참 고민해야 했다.

사실 어린 왕자가 사는 별에도 다른 별과 마찬가지로 좋은 식물과 나쁜 식물이 있다. 따라서 좋은 씨앗과 나쁜 씨앗이 있는 것이다. 하지만 씨앗은 눈에 보이지 않는다. 땅 속 깊숙한 곳에서 잠자고 있다가 깨어나고 싶어지면

기지개를 켜고, 처음엔 수줍게 조그만 싹을 해를 향해 쏘옥 내민다. 그것이 무나 장미의 싹이라면 그대로 둬도 괜찮지만 나쁜 식물일 경우에는 발견하자마자 즉시 뽑아야 한다.

그런데 어린 왕자의 별에는 무서운 씨앗이 있었다. 바로 바오밥나무의 씨앗이었다. 그 별의 땅에는 바오밥나무의 씨앗이 가득했다. 그런데 바오밥나무는 때가 늦으면 도저히 없애버릴 수가 없게 된다. 별을 완전히 엉망으로 만드는 것이다. 뿌리가 계속 자라서 별을 관통하고 마는 것이다. 그래서 별이 너무 작기 때문에 바오밥나무가

너무 많으면 별이 산산조각이 나게 된다.

"그건 규율의 문제지요." 어린 왕자가 나중에 말했다. "아침에 일어나 씻고 나면 별을 정성껏 청소해줘야 해요. 규칙적으로 장미 덩굴과 구별할 수 있게 되는 즉시 바오밥나무를 뽑아버려야 해요. 바오밥나무는 아주 작을 때는 장미와 매우 비슷하거든요. 그건 귀찮긴 해도 아주 쉬운 일이에요."

어느 날 그는 내게 말했다.

"지구의 아이들이 알아보도록 그림을 하나 그려 놓는 게 좋겠어요. 그 아이들이 나중에 여행을 할 때, 그것이 큰 도움이 될 수 있을 거예요. 해야 할 일을 나중으로 미루는 일이 때로는 해롭지 않을 수도 있지만 바오밥나무의 경우에는 그렇게 하면 언제나 큰 재앙이 되고 말아요. 나는 어떤 별에 사는 게으름뱅이를 알아요. 그는 작은 바오밥나무 세 그루를 내버려두었다가 그만……."

그래서 나는 어린 왕자가 이야기한 대로 그 별을 그렸다. 나는 딱딱한 도덕 군자처럼 충고하고 싶진 않다. 그러나 바오밥나무의 위험성은 거의 알려져 있지 않고 소행성에서 길을 잃은 사람이 직면할 위험은 너무나 심각하기 때문에 처음으로 나는 자제심을 제쳐놓고 이렇게 충고한다.

“아이들아! 바오밥나무를 조심해야 해!”

내가 이 그림을 이렇게 세심하게 그린 것은 내 친구들에게 경각심을 던져주기 위해서였다. 그들은 오래 전부터 나와 마찬가지로 모르는 사이에 이 위험에 노출되어 왔다. 이 그림으로써 내가 전하는 교훈은 그림에 큰 정성을 들일 만큼 가치가 있는 것이다.

여러분은 내게 묻고 싶을 것이다. “이 책에는 왜 바오밥나무 그림만큼 훌륭하고 인상적인 그림이 또 없을까?” 대답은 간단하다. 다른 그림도 그렇게 그리려고 노력해 보았지만 성공하지 못한 것이다. 바오밥나무를 그릴 때에는 간절한 필요에서 나온 특별한 힘이 발휘된 것이다.

바오밥나무

6

아! 어린 왕자여! 나는 너의 슬픈 삶의 비밀을 아주 조금씩 알게 되었지. 오랜 시간 동안 너에게는 석양을 바라보는 고요한 즐거움만이 유일한 낙이었구나. 나흘째 되는 아침, 나는 그 새로운 사실을 알게 되었어. 너는 내게 이렇게 말을 건넸지.

"나는 해거름이 정말 좋아. 자, 해 지는 걸 보러 가요."

"하지만 기다려야 해."

"기다리다니? 뭘요?"

"해 지는 시간을. 그 시간까지 기다려야 해."

너는 처음엔 꽤나 놀라는 기색이었지. 그러고 나서 혼자 웃음을 터뜨리고 내게 말했지.

"나는 늘 집에 있는 것처럼 생각하거든요."

사실 그렇다. 다들 알다시피 미국에서 정오일 때 프랑스에서는 해가 진다. 프랑스로 순식간에 날아갈 수만 있다면 금세 일몰을 볼 수 있을 것이다. 하지만 유감스럽게

Ueber di

도 프랑스는 너무 멀리 있다. 그러나 네가 살던 작은 별에서는 의자를 몇 걸음만 옮겨 놓으면 되겠지. 그래서 언제든지 원하기만 하면 너는 해가 지는 모습을 볼 수 있었지.

"어떤 날은" 너는 내게 말했지. "해가 지는 걸 마흔네 번이나 봤어요!"

그리고는 잠시 후 너는 다시 말했지.

"아시겠지만…… 몹시 슬플 때는 해가 지는 광경을 좋아하는 법이지요."

"마흔 네 번이나 해 지는 걸 봤던 날엔, 그럼 너는 그렇게도 몹시 슬펐니?"

그러나 어린 왕자는 아무 대답도 하지 않았다.

7

닷새째 날에도 역시 양 덕분에 어린 왕자의 비밀을 하나 알게 되었다. 그가 불쑥, 오랫동안 혼자 깊이 생각하고 고민한 끝에 튀어나온 말인 듯, 나에게 물었다.

"양은 작은 나무를 먹으니까 꽃도 먹겠지요?"

"양은 무엇이나 닥치는 대로 먹지."

"가시가 있는 꽃도?"

"응. 가시 달린 꽃도."

"그럼 가시는 무슨 쓸모가 있는 거죠?"

나도 몰랐다. 나는 그때 기체에 꽉 죄어 있는 볼트를 푸는 일에 집중하고 있었다. 비행기의 고장이 심각한 것이 분명했기 때문에 걱정스러웠다. 게다가 마실 물이 별로 남지 않아 불안하기 짝이 없었다.

"가시는... 무슨 소용이 있어요?"

어린 왕자는 일단 질문을 하면 절대로 포기하는 일이 없었다. 나는 볼트에 온 신경이 곤두서 있었기 때문에 아무렇게나 대답하고 말았다.

"가시는 아무 소용도 없는 거야. 꽃들이 괜한 심술로 가시를 갖고 있는 거야."

"아!"

순간 정적이 흘렀다. 잠시 후 어린 왕자는 분개한 표정으로 톡 쏘아붙였다.

"아저씨 말은 안 믿어요! 꽃들은 연약한 생물이에요. 그들은 순수해요. 나름대로 최선을 다해서 스스로를 지키는 거예요. 가시가 무서운 무기가 된다고 믿는 거라고요."

나는 대답하지 않았다. 그때 나는 이렇게 생각하고 있었다. '이 볼트가 계속 돌아가지 않으면 망치로 때려서 제거해야겠군.' 어린 왕자는 다시 내 생각을 방해했다.

"정말 꽃들이 그렇다고 믿어요?"

"아니야! 아니야! 아무 것도 안 믿어! 그냥 아무렇게나 대답한 거야. 안 보이니? 나는 지금 중요한 일로 정말 바뻐거든!"

그는 깜짝 놀라 나를 쳐다보았다.

"중요한 일!"

망치를 들고 손에는 시커먼 기름이 묻은 채 그에겐 매우 흉하게 보이는 물체 위로 몸을 기울이고 있는 나를 어린 왕자는 쳐다보고 있었다.

"꼭 어른들처럼 말하네요!"

그 말을 듣고 나는 조금 부끄러웠다. 하지만 그는 사정없이 말을 이었다.

"아저씨는 모든 걸 섞어버렸어요. 모든 걸 혼동하고 있다고요."

그는 무척이나 화가 나 있었다. 그는 머리를 홱 젖혔다. 금빛 머리칼이 바람에 휘날렸다.

"빨간 얼굴을 가진 남자가 어떤 별에 살고 있었어요. 그는 꽃향기를 맡아 본 적도, 별을 바라본 적도, 누구를 사랑해 본 일도 없었어요. 오로지 숫자만 계산하면서 살았어요. 그는 하루 종일 아저씨처럼 '나는 중요한 일로 무척 바쁘다!'라고 누누이 말했어요. 그리고 그것은 그를 오만으로 가득 차게 했어요. 하지만 그는 사람이 아니라 버섯이었어요."

"뭐라고?"

"버섯이라고요!"

어린 왕자는 이제 분노로 창백해졌다.

"수백만 년 전부터 꽃들은 가시를 만들었어요. 양도 수백만 년 전부터 꽃을 먹었고요. 그런데도 꽃들이 아무 쓸모도 없는 가시를 왜 힘들게 만들어 내는지 아는 게 중요한 일이 아니에요? 양과 꽃들의 싸움이 중요하지 않아요? 그게 빨간 얼굴을 가진 신사의 계산보다 중요하지 않아요? 그래서 이 세상 어디에서도 찾아볼 수 없고 나의 별에만 있는 오직 하나뿐인 꽃을 내가 알고 있는데, 작은 양이 어느 날 아침 무심코 그걸 한입에 먹어치울 수도 있는데 그게 중요한 일이 아니라는 거예요?"

이야기를 계속하는 동안 그의 얼굴이 하얀빛에서 붉은색으로 변했다.

"수백만 개의 별 가운데 오직 한 송이밖에 없는 꽃을 사랑하는 사람은 그 별을 바라보고 있기만 해도 행복해져요. 속으로 '저기 어딘가에 내 꽃이 있겠지.' 라고 생각할 수 있거든요. 하지만 양이 그 꽃을 먹어버린다면 그 순간 그에게는 모든 별들이 빛을 잃고 마는 거예요! 그런데 아저씨는 그게 중요하지 않다고 생각하고 있어요!"

어린 왕자는 더 말을 잇지 못했다. 흐느낌이 그의 말을 삼켜버렸다.

어두운 밤이었다. 나는 연장을 던져 버렸다. 망치도 볼트도 갈증도 죽음도 무슨 상관인가? 어떤 별, 어떤 행성, 나의 행성, 이 지구 위에 위로해줘야 할 어린 왕자가 있었다. 나는 어린 왕자를 껴안고 부드럽게 흔들면서 말했다.

"네가 사랑하는 꽃은 이제 위험하지 않아. 내가 너의 양에게 씌울 입마개를 그려 줄게. 꽃 주변에 두를 울타리도 그려줄게. 그리고……."

나는 더 이상 뭐라고 말해야 할지 몰랐다. 당황스럽고 어색하게 느껴졌다. 어떻게 그에게 다가가 어디에서 그를 따라잡고, 다시 그의 손을 잡고 갈 수 있을지 알 수 없었다. 눈물의 나라는 무척이나 신비한 곳이다.

8

나는 곧 그 꽃에 관해 더 많은 것을 알게 되었다. 오래 전부터 그의 별에는 꽃잎이 한 겹뿐인 아주 소박한 꽃들이 있었다. 그들은 거의 자리를 차지하지 않았고 누구에게도 방해가 되지 않았다. 그들은 어느 날 아침 풀 사이에 나타났다가 저녁이면 조용히 사라져 버리곤 했다. 그러던 어느 날 어디서 왔는지 알 수 없는 씨앗에서 싹이 텄

다. 어린 왕자는 다른 싹과 비슷하지 않은 그 싹을 자세히 지켜보았다. 새로운 종류의 바오밥나무일지도 몰랐다.

작은 식물은 곧 성장을 멈추고 꽃을 피울 준비를 시작했다. 큰 꽃봉오리가 만들어지는 것을 본 어린 왕자는 어떤 기적이 일어날 것 같은 느낌이 들었다. 그러나 꽃은 초록색 방에 숨어 좀처럼 자신의 미모를 드러내지 않았다. 꽃은 무척이나 정성들여 색깔을 고르고 있었다. 꽃은 천천히 옷을 입고 꽃잎을 하나하나 다듬었다. 꽃은 개양귀비처럼 구겨진 모습으로 자기를 드러내고 싶지 않았고, 아름다움이 최고조로 빛을 발할 때 비로소 등장하고 싶었다. 아! 정말 한없이 아름다운 모습이었다. 그리고 그 꽃의 신비로운 광채는 여러 날 지속되었다.

그러던 어느 날 아침, 해가 떠오르는 시각에 맞춰 꽃이 모습을 드러냈다. 그렇게도 정성껏 몸단장을 마친 꽃은 하품을 하며 말했다.

"아! 이제야 잠에서 깼네. 용서하세요. 제 꽃잎이 헝클어졌네요."

어린 왕자는 경탄을 금할 수가 없었다.

"정말 아름답구나!"

"그렇죠?" 꽃이 달콤하게 대답했다. "게다가 난 해님과 같은 시간에 태어났으니…….”

어린 왕자는 꽃이 겸손하지 않다는 것을 금방 알아차렸다. 하지만 꽃은 얼마나 감동적인지, 얼마나 사람을 들뜨게 하는지 몰랐다. 잠시 후 꽃이 다시 덧붙였다.

“아침식사 시간이군요. 제게 무엇이 필요할지 생각 좀 해 주시겠어요?”

당황한 어린 왕자는 신선한 물이 담긴 물뿌리개를 찾아서 물을 주었다. 왕자는 그렇게 꽃을 돌봐주었다.

그 꽃은 태어나자마자 다루기 힘든 허영심으로 왕자를 괴롭혔다. 어느 날 꽃은 자기가 가진 네 개의 가시에 대해 어린 왕자에게 이렇게 말하기도 했다.

“호랑이들이 발톱을 세우고 덤벼도 상관없어요!”

“내 별엔 호랑이가 없어. 게다가 호랑이는 풀을 먹지도 않아.” 어린 왕자가 반박했다.

“저는 풀이 아니에요.” 꽃이 부드럽게 대답했다.

"미안해……."

"난 호랑이는 겁나지 않지만 바람은 질색이랍니다. 혹시 바람막이 가진 거 있어요?"

'바람이 질색이라…… 식물로서는 곤란한 일이군. 이 꽃은 아주 까다로운 식물이야.' 어린 왕자는 속으로 생각했다.

"저녁에는 나에게 유리 덮개를 덮어 주세요. 당신의 별은 너무 추워요. 내가 살던 곳은……."

꽃은 말을 멈추었다. 그녀는 씨의 형태로 왔으니 다른 별에 대해서 아는 게 있을 리 없었다. 거짓말을 하려다 들킬 것 같아 부끄러워진 꽃은 어린 왕자의 잘못을 탓하기 위해 두어 번 기침을 했다.

"바람막이는 어떻게 된 거죠?"

"가서 찾아보려는데 네가 계속 말을 하니까……."

그러자 그녀는 어린 왕자에게 가책을 느끼게 하려고 억지로 몇 번 헛기침을 했다.

그렇게 어린 왕자는 사랑에서 우러나온 호의를 갖고

있었지만, 차츰 꽃을 의심하게 되었다. 어린 왕자는 대수롭지 않은 말도 심각하게 받아들였고 그 때문에 무척 불행해졌다.

어느 날 그는 나에게 솔직히 고백했다.

"꽃의 말을 듣지 말았어야 했어요. 꽃들의 말은 귀담아 들으면 안 되는 거였어요. 그냥 바라보고 향기를 즐기면 돼요. 그 꽃은 내 별 가득 향기를 채웠어요. 그런데 나는 그녀의 매력을 즐길 줄 몰랐던 거죠. 그렇게 몹시 거슬렸던 발톱 이야기도 애정과 동정을 품고 들었어야 했어요."

그는 계속 고백했다.

"사실 나는 어떻게 이해해야 할지 몰랐어요. 말이 아닌 행동을 보고 판단해야 했어요. 꽃은 나에게 향기와 빛을 비춰 주었어요. 나는 꽃에게서 도망치지 말았어야 했는데……. 서툰 거짓말 뒤에 감춰진 애정을 눈치 챘어야 하는 건데. 꽃이란 아주 모순덩어리거든요! 하지만 내가 그녀를 사랑하기엔 너무 어렸던 거죠."

9

나는 어린 왕자가 이동하는 철새 떼를 따라왔으리라 믿는다. 떠나는 날 아침, 그는 별을 깨끗하게 정리했다. 그는 불타고 있는 화산들을 조심스럽게 청소했다. 불타는 화산은 두 개였다. 그것은 아침식사를 데우는 데 아주 편리했다. 휴화산도 하나 있었다. "어떻게 될지 누가 알아!" 그는 휴화산도 잘 청소했다.

화산들은 잘 청소해 주면 폭발하지 않고 천천히 규칙적으로 타오른다. 화산 폭발은 굴뚝의 불길과 비슷한 것이다. 물론 지구에서는 우리가 너무 작기 때문에 화산을 청소할 수 없다. 그래서 화산이 계속 말썽을 일으키는 것이다.

어린 왕자는 좀 우울한 기분으로 바오밥나무의 마지막 남은 작은 싹들까지 뽑았다. 그는 다시는 돌아오지 않을 것이었다. 그런데 마지막 날 아침에는 익숙한 그런 작업이 매우 소중하게 느껴졌다. 그래서 꽃에게 마지막으로 물을 주고 유리덮개를 씌워 주려는 순간 그는 눈물이 쏟아질 것 같았다.

"잘 있어." 그가 꽃에게 말했다.

그러나 꽃은 대답하지 않았다.

"잘 있어." 그가 다시 말했다.

꽃이 기침을 했다. 감기 때문에는 아니었다.

"제가 어리석었어요. 용서하세요. 부디 행복하세요……." 마침내 꽃이 말했다.

꽃이 자기를 비난하지 않는 것에 놀라서 그는 유리덮개를 든 채 당황하여 서 있었다. 이렇게 조용하고 다정한 말이 그는 이상했다.

"물론 전 당신을 사랑해요. 그동안 당신이 그걸 몰랐던 것은 제 잘못이에요. 그건 중요하지 않아요. 하지만 당신은, 당신도 저처럼 어리석었어요. 부디 행복하세요……. 유리덮개는 그냥 둬요. 이젠 필요 없어요." 꽃이 말했다.

"하지만 바람이……."

"제 감기는 그리 심하지 않아요. 서늘한 밤공기는 제게 좋을 거예요. 저는 꽃이니까요."

"하지만 짐승들이……."

불타고 있는 화산들을 조심스럽게 청소했다.

"나비와 친해지려면 두세 마리의 쐐기벌레는 참아야죠. 나비는 무척 아름답다고 들었어요. 나비와 쐐기벌레가 아니라면 누가 내게 찾아오겠어요? 당신은 멀리 떠나가 버릴 테고…… 큰 짐승들은 두렵지 않아요. 나는 발톱이 있으니까."

그러면서 꽃은 천진난만하게 네 개의 가시를 보여주었다. 그리고 말을 이었다.

"그렇게 망설이지 마세요. 떠나기로 결심했잖아요. 어서 가요!"

왜냐하면 그녀는 우는 얼굴을 어린 왕자에게 보이고 싶지 않았기 때문이었다. 그만큼 자존심이 강한 꽃이었다.

10

어린 왕자의 별은 소행성 325호, 326호, 327호, 328호, 329호, 330호와 가까이 있었다. 그래서 그는 견문을 넓히고자 그 별들을 방문하기로 했다.

첫 번째 별에는 왕이 살고 있었다. 왕은 푸르스름한 보라색 예복을 입고 단순하면서도 위풍당당한 왕좌에 앉아 있었다.

"오! 백성이 하나 오는구나!"

어린 왕자가 오는 것을 보고 왕이 큰 소리로 외쳤다. 그래서 어린 왕자는 혼자 생각했다. '나를 한 번도 본 적이 없는데 어떻게 알아보는 거지?'

왕에게는 세상이 단순하다는 것을 어린 왕자는 몰랐다. 왕에게는 모든 사람이 백성인 것이다.

"짐이 너를 더 잘 볼 수 있도록 가까이 오라!"

드디어 누군가의 왕 노릇을 할 수 있게 된 것이 무척 자랑스러워진 왕이 말했다.

어린 왕자는 앉을 자리를 찾아 여기저기 둘러보았으나, 그 별은 왕의 호화로운 흰 담비 모피 망토로 온통 뒤덮여 있었다. 할 수 없이 그는 똑바로 서 있었다. 피곤해서 하품이 나왔다.

"왕의 면전에서 하품을 하다니. 무례하구나. 너에게 하품을 금지하노라."

왕이 말했다.

"하품을 참을 수가 없습니다. 긴 여행을 해서 한숨도 못 잤거든요……."

몹시 당황한 어린 왕자가 말했다.

"아, 그렇다면 네게 명하노니 하품을 하거라. 하품하는 걸 본 지도 몇 년이 지났구나. 하품은 짐에게 희귀한 일이니라. 자! 그럼 또 하품을 하거라! 나의 명령이니라."

왕이 말했다.

"그렇게 말씀하시니까 겁이 나서… 하품이 안 나와요……."

몹시도 무안해진 어린 왕자가 중얼거렸다.

"어험! 그렇다면 내가 명하노니 어떤 때는 하품을 하고 또 어떤 때는……." 왕이 대꾸했다.

왕은 심기가 불편한 기색이었다. 왜냐하면 왕이 근본

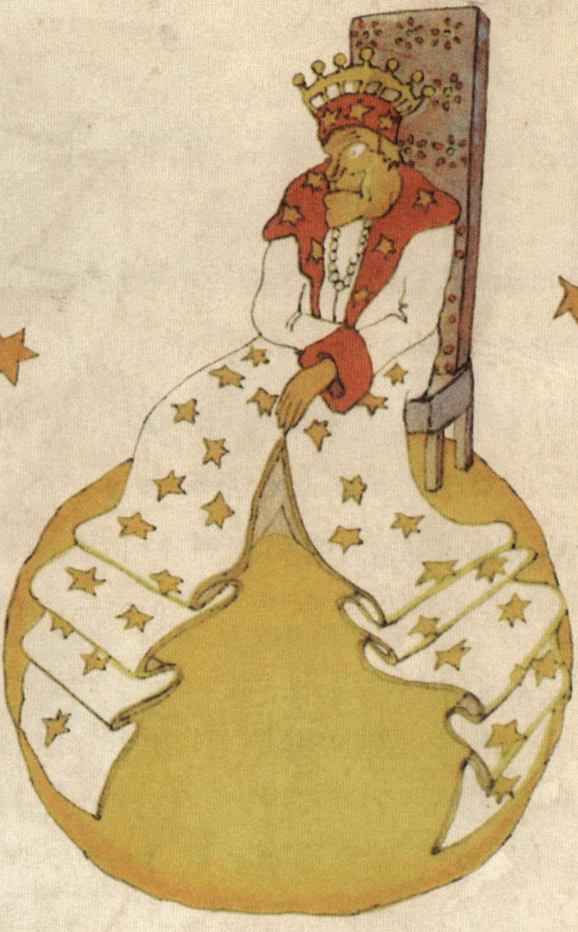

그 별은 왕의 호화로운 흰 담비 모피 망토로
온통 뒤덮여 있었다.

적으로 주장하는 것은 자신의 권위가 존중되어야 한다는 점이었다. 불복종은 용서할 수 없는 일이었다. 그래도 그는 전제군주이긴 하지만 무척 선량한 사람이므로 정당한 명령을 내리는 편이었다. 예를 들면 그는 평소 이렇게 말하곤 했다.

"만약 내가 어떤 장군에게 물새로 변하라고 명령했는데 장군이 명령에 따르지 않았다면 그건 장군의 잘못이 아니라 짐의 잘못이니라."

"앉아도 될까요?"

어린 왕자가 조심스럽게 물었다.

"그렇게 하도록 명하노라."

왕이 망토 한 자락을 위엄 있게 걷어 올리며 대답했다.

그러나 어린 왕자에겐 의문이었다. 이 별은 아주 작은데 왕은 도대체 무엇을 다스린다는 걸까?

"전하, 한 가지 여쭈어도 될까요?"

어린 왕자가 말했다.

"질문을 허락하노라."

"전하, 전하께서는 무엇을 다스리세요?"

"모든 것이다." 왕의 대답은 무척 간명했다.

"모든 것이라고요?"

왕은 그의 별과 다른 별들과 모든 별들을 가리켰다.

“모든 별을요?” 어린 왕자가 반문했다.

“저 모든 것을 다스리노라.” 왕이 대답했다.

그의 통치는 절대적이었을 뿐 아니라 우주적이었던 것이다.

“그럼 별들도 전하께 복종하나요?”

“물론 그렇다. 즉각 복종하지. 짐은 불복종을 용서하지 아니한다.” 왕이 말했다.

그런 막강한 권력은 어린 왕자가 감탄할만한 것이었다. 만일 어린 왕자가 그런 절대 권력을 가졌다면 의자를 움직이지 않고도, 원한다면 하루에 마흔 네 번이 아니라, 일흔 두 번, 아니 백 번, 이백 번이라도 해가 지는 것을 볼 수 있을 것이다. 떠나 온 그의 작은 별에 대한 추억 때문에 조금 슬퍼진 어린 왕자는 용기를 내어 왕에게 청했다.

“저는 해가 지는 광경을 보고 싶습니다. 제게 은혜를 베푸시어… 해가 지도록 명령해 주십시오.”

“내가 어떤 장군에게 나비처럼 이 꽃에서 저 꽃으로 날아다닐 것을 명령하거나, 갑자기 비극 작품을 한 편 쓰라고 명령하거나, 혹은 물새로 변하도록 명령했는데, 그 장군이 명령을 받고 복종하지 않는다면 그의 잘못이겠는냐, 아니면 내 잘못이겠느냐?"

"전하의 잘못이죠."

어린 왕자가 자신 있게 말했다.

"옳도다. 누구에게든 그가 실제로 할 수 있는 것을 요구해야 하는 법이다. 권위는 무엇보다 상식에 근거해야 하느니라. 만일 백성들에게 바다에 몸을 던지라고 명령한다면 그들은 반란을 일으킬 것이니라. 내가 복종을 요구할 권한을 갖는 것은 나의 명령이 이치에 어긋나지 않기 때문이다."

"그럼 해가 지는 일은요?"

한 번 던진 질문은 절대로 잊어버리지 않는 어린 왕자가 자신의 부탁을 상기시켰다.

"그대는 해가 지는 것을 보게 될 것이다. 내가 명령하겠노라. 그러나 나의 통치 기술에 따라 조건이 갖추어지기를 기다려야 하노라."

"언제 그렇게 되는 건가요?" 어린 왕자가 물었다.

"에헴!" 왕은 두툼한 연감을 훑어보고 말했다.

"어험, 그러니까 오늘 저녁… 7시 40분 경이니라! 나의 명령이 얼마나 잘 이행되는지 볼 수 있을 것이다." 왕이 대답했다.

어린 왕자는 하품을 했다. 당장 해가 지는 것을 못 보게 된 것이 아쉬웠다. 그러고 나자 그는 이제 좀 따분해지기 시작했다.

"저는 여기서 더 할 일이 없군요. 이제 떠나겠습니다." 그가 왕에게 말했다.

"떠나지 마라."

백성을 거느리게 된 것이 몹시 자랑스러웠던 왕이 대답했다.

"떠나지 마라. 너를 장관에 명하노라!"

"무슨 장관이죠?"

"그러니까… 법무장관이다!"

"하지만 재판받을 사람이 아무도 없는데요!"

"그건 모를 일이지. 나는 아직 왕국을 제대로 돌아다녀 보지 않았느니라. 이제 나이를 먹었고, 마차를 둘 곳도 없고, 걸어 다니면 피곤해지느니라."

왕이 말했다.

"아! 저는 벌써 다 둘러보았습니다."

시선을 돌려 별의 다른 쪽을 한 번 훑어보며 어린 왕자가 말했다. 다른 쪽에도 역시 아무도 없었다.

"그럼 네 자신을 심판해 보거라. 그것이 가장 어려운

일이니라. 다른 사람을 심판하는 것보다 자기 자신을 심판하는 게 훨씬 더 어려운 법이다. 네가 스스로를 훌륭히 심판할 수 있다면 너는 참으로 지혜로운 사람일 것이다." 왕이 대답했다.

"예, 하지만 저는 어디에 가서든 저를 심판할 수 있어요. 꼭 이 별에서 할 필요는 없습니다."

어린 왕자가 말했다.

"어험! 어험! 내 별 어딘가에 늙은 쥐가 한 마리 사는 것 같다. 밤이면 쥐 소리가 들린다. 너는 그 늙은 쥐를 심판하면 된다. 가끔 그놈에게 사형을 선고하여라. 그러면 그놈의 생명이 너의 판결에 달리게 될 것이다. 그러나 매번 그놈에게 특사를 내려 소중히 다루도록 하라. 한 마리밖에 없는 놈이니까."

왕이 대답했다.

"저는 누군가에게 사형선고를 내리는 건 싫습니다. 아무래도 제 길을 가야겠습니다."

어린 왕자가 대답했다.

"떠나지 마라."

왕이 말했다.

어린 왕자는 떠날 준비를 마쳤으나 늙은 왕의 마음을

서운하게 하고 싶지는 않았다.

"전하의 명령이 실행되길 원하신다면 제게 이치에 맞는 명령을 내리시면 되겠습니다. 이를테면 일 분 내로 떠나라고 제게 명령하실 수도 있고요. 그런 상황이 된 것 같습니다."

왕이 대답을 하지 않기에 어린 왕자는 머뭇거리다가 한숨을 한 번 쉬고는 출발했다.

"너를 나의 대사로 임명하노라!"

왕이 다급하게 외쳤다. 그는 매우 위엄이 가득한 모습이었다.

'어른들은 참 이상하다니까.' 어린 왕자는 떠나면서 혼자 중얼거렸다.

11

두 번째 별에는 오만하고 허세 가득한 사람이 살고 있었다.

"오! 저기 나를 찬양하는 사람이 찾아오는군!"

어린 왕자가 오는 걸 보고 허세남이 소리쳤다. 허세남에게 다른 사람은 모두 자기를 찬양하는 사람이기 때문이었다.

"안녕하세요?"

어린 왕자가 말했다.

"쓰고 계신 모자가 참 이상하게 생겼네요."

"인사하려고 쓰고 있는 거야. 사람들이 내게 박수와 환호를 보내면 답례인사를 하는 거지. 그런데 안타깝게도 이쪽으로 지나가는 사람이 아무도 없구나."

"그래요?"

어린 왕자는 허세남이 무슨 소리를 하고 있는지 이해하지 못했지만 그렇게 말했다.

오! 저기 나를 찬양하는 사람이 찾아오는군!

"박수를 쳐. 한 손을 다른 한 손에 부딪쳐."

허세남이 어린 왕자에게 명령했다.

어린 왕자가 박수를 쳤다. 그러자 허세남이 모자를 벗어 우아하게 인사를 했다.

"왕을 만났을 때보다는 재미있는 곳이네."

어린 왕자는 속으로 생각했다. 그리고 다시 손뼉을 치기 시작했다. 허세남이 다시 모자를 벗어 답례했다.

5분쯤 반복하자 어린 왕자는 단순한 놀이가 슬슬 지루해졌다. 그래서 허세남에게 물었다.

"어떻게 하면 모자가 바닥에 떨어져요?"

그러나 허세남에게 어린 왕자의 말은 들리지 않았다. 그는 찬양 말고는 절대로 아무 것도 듣지 않았던 것이다.

이번엔 허세남이 어린 왕자에게 질문했다.

"너는 진심으로 나를 찬양하는 거지?"

"찬양이 무슨 뜻이에요?"

"찬양이란 내가 이 별에서 제일 잘 생겼고, 옷도 제일 잘 입고, 제일 부자고, 제일 똑똑하다는 것을 인정하는 거야."

"하지만 이 별에는 아저씨 혼자밖에 없잖아요."

"나를 기쁘게 해다오. 나를 찬양해 주렴."

"아저씨를 찬양해요. 그런데 그게 아저씨에게 무슨 소용이 있어요?"

어린 왕자는 어깨를 으쓱 가볍게 올리며 말했다.

그리고 어린 왕자는 발길을 돌렸다.

"어른들은 참 이상해."

어린 왕자는 다시 여행을 떠나면서 혼자 중얼거렸다.

12

다음 별에는 술주정뱅이가 살고 있었다. 이번 방문은 매우 짧은 것이었지만 어린 왕자의 마음을 꽤나 우울하게 했다.

"거기서 뭘 하세요?"

빈병 무더기와 술이 든 병 무더기를 앞에 놓고 말없이 앉아 있는 술주정뱅이를 보고 어린 왕자가 물었다.

"술을 마신단다."

우울한 표정으로 술주정뱅이가 대꾸했다.

"왜 술을 마시는데요?"

어린 왕자가 물었다.

"잊기 위해서야."

술주정뱅이가 대답했다.

"무엇을 잊고 싶으신데요?"

어린 왕자는 벌써 그가 불쌍하게 느껴졌다.

"내가 부끄럽다는 걸 잊기 위해서지."

다음 별에는 술주정뱅이가 살고 있었다.

머리를 숙이며 술주정뱅이가 고백했다.

"뭐가 부끄러운 거죠?"

그를 도와주고 싶어진 어린 왕자가 계속 물었다.

"술을 마시는 게 부끄럽구나."

술주정뱅이는 말을 끝내자 입을 꾹 다물고 완전한 침묵 속으로 들어가 버렸다.

어리둥절해진 어린 왕자는 그곳을 떠났다.

'어른들은 정말 너무 이상하다니까.'

어린 왕자는 여행을 떠나면서 혼자 중얼거렸다.

13

네 번째 별은 사업가가 사는 별이었다. 이 사람은 어찌나 바쁜지 어린 왕자가 도착했을 때도 고개조차 들지 않았다. 어린 왕자가 그에게 말했다.

"안녕하세요! 담뱃불이 꺼졌네요."

"3 더하기 2는 5, 5 더하기 7은 12, 12 더하기 3은 15. 안녕! 15에 7을 더하면 22, 22에 6을 더하면 28. 담배에 다시 불붙일 시간도 없어. 26에 5를 더하면 31. 휴우! 그러니까 총계가 5억 162만 2731이 되는군." 그가 말했다.

"뭐가 5억이에요?" 어린 왕자가 물었다.

"응? 너 아직도 거기 있니? 5억 1백만……. 난 멈출 수가 없어. 난 할 일이 아주 많아! 난 중요한 일을 하는 사람이야. 허튼 소리할 시간은 없어! 2 더하기 5는 7……."

"뭐가 5억인데요?"

한 번 던진 질문을 결코 포기해 본 적이 없는 어린 왕자가 다시 물었다.

사업가가 고개를 들었다.

"내가 이 별에서 산 지 54년 됐는데, 그동안 방해를 받은 것은 단 세 번뿐이야. 첫 번째는 22년 전이었는데, 난데없이 나타난 거위 때문이었어. 그게 요란한 소리를 내서 사방으로 소리가 울리더군. 그래서 계산이 네 군데나 틀렸었지. 두 번째는 11년 전이었는데. 류머티즘 때문이었어. 난 운동 부족이거든. 산책할 시간도 없으니까. 세 번째는…… 바로 지금이야! 가만 있자. 5억 백만이었지……."

"뭐가 5억 백만이라는 거죠?"

사업가는 그의 질문에 대답하기 전에는 조용히 있을 수가 없다는 걸 깨달았다.

"가끔 하늘에 보이는 수많은 작은 것들 말이다."

"파리요?"

"아니. 반짝거리는 것들 말이다."

"꿀벌?"

"아니. 천만에. 게으름뱅이들을 멍하니 공상에 빠지게 만드는 금빛 물체들 말이다. 하지만 난 중요한 일을 하는 사람이거든! 내 인생에 공상에 빠질 시간은 없어."

"아! 별을 말하는 거군요?"

"맞았어. 별 말이야."

"5억 개의 별을 가지고 뭘 하는데요?"

"5억 162만 2,731개야. 나는 중요한 일을 하는 사람이라 정확하지."

"그 별들을 가지고 뭘 하는데요?"

"뭘 하냐고?"

"네."

"아무것도 안 해. 그것들을 그냥 소유하는 거지."

"별들을 소유한다고요?"

"그래."

"하지만 내가 전에 본 어떤 왕은……."

"왕은 소유하지 않아. 그들은 다스리지. 그건 아주 다른 애기야."

"그런 별들을 소유하는 게 아저씨에게 무슨 소용이 있는 거죠?"

"내가 부자가 되는 데 도움이 되지."

"부자가 되면 뭐가 좋은데요?"

"누가 별을 새로 발견하면 그걸 살 수 있지."

'이 사람도 술주정뱅이처럼 말하고 있군.' 하고 어린 왕자는 생각했다. 그래도 그는 질문을 더 계속했다.

"별을 어떻게 소유할 수 있죠?"

"별들이 누구에게 속해 있나?"

사업가가 짜증스럽게 쏘아붙였다.

"모르겠네요. 누구의 것도 아니죠."

"그러니까 내 것이지. 내가 제일 먼저 그 생각을 했으니까."

"그런 이유로 아저씨 것이 되는 거예요?"

"물론이지. 주인 없는 다이아몬드는 그걸 발견한 사람의 소유가 되는 거지. 주인이 없는 섬을 네가 발견하면 그건 네 소유가 되는 거야. 네가 어떤 멋진 아이디어를 제일 먼저 생각해냈다면 특허를 받아야 해. 그럼 그게 네 소유가 되는 거야. 그런 식으로 나는 별들을 소유하고 있는 거야. 나보다 먼저 별들을 소유하겠다고 생각한 사람은 아무도 없었거든."

"그건 사실이에요. 아저씨는 별들을 가지고 뭘 하죠?"

어린 왕자가 물었다.

"그것들을 관리해. 세어 보고 또 세어 보지. 그건 힘든 작업이야. 하지만 난 원래 중요한 일에 관심이 많은 사람이야."

어린 왕자는 아직 만족스럽지 않았다.

"내가 비단 스카프를 갖고 있다면 난 그걸 목에 두를 수도 있고 갖고 다닐 수도 있어요. 내가 꽃을 소유하고 있다면 그 꽃을 꺾어 가지고 다닐 수가 있어요. 하지만 아저씨는 별을 하늘에서 딸 수가 없잖아요!"

"그렇게 할 수는 없지. 하지만 그것들을 은행에 맡길 수는 있어."

"그게 무슨 뜻이죠?"

"조그만 종이에다 내 별들의 숫자를 적어 서랍에 넣고 잠가둔단 말이야."

"그게 전부예요?"

"그렇지."

'재미있군. 마치 시 같기도 하고. 하지만 그리 중요한 일은 아니야.' 하고 어린 왕자는 생각했다. 중요한 일이라는 것에 대한 어린 왕자의 생각은 어른들과는 상당히 달랐다.

"나에겐 꽃 한 송이가 있는데 매일 물을 줘요. 화산도 세 개 갖고 있는데 매주 청소를 해요(휴화산도 어떻게 될지 모르거든요). 그것은 화산들에게나 꽃에게 유익한 일이에요. 하지만 아저씨는 별들에게 아무 소용이 없어요."

사업가는 입을 열었지만 대답할 말을 찾아내지 못했다. 그래서 어린 왕자는 떠나버렸다.

'어른들은 진짜 너무나 이상하군.' 어린 왕자는 여행을 떠나면서 속으로 중얼거렸다.

14

다섯 번째로 도착한 별은 아주 이상했다. 이곳은 제일 작은 별이었다. 가로등 하나와 등을 켜는 사람이 있을 자리밖에 없었다. 집도 없고 사람도 없는 별에서 가로등과 그걸 켜는 사람이 무슨 필요가 있는지 어린 왕자는 도무지 이해할 수가 없었다. 그렇지만 속으로 중얼거렸다.

'어쩌면 이 사람도 어리석은 사람이겠군. 그래도 왕이나 허세 부리는 사람이나 사업가나 술주정뱅이만큼 어리석지는 않을 거야. 적어도 그가 하는 일은 의미가 있거든. 그가 가로등을 켤 때는 별 한 개나 혹은 꽃 한 송이를 더 태어나게 하는 것과 마찬가지니까. 가로등을 끌 때면 꽃이나 별을 잠들게 하는 것이니 아주 아름다운 직업이군. 아름다우니까 진실로 쓸모 있는 것일 거야.'

그 별에 도착하자 어린 왕자는 가로등 켜는 사람에게 공손하게 인사했다.

"안녕하세요. 왜 가로등을 지금 껐어요?"

난 정말 골치 아픈 직업을 갖고 있어.

"안녕. 이건 명령이란다."

가로등 켜는 사람이 대답했다.

"무슨 명령인데요?"

"가로등을 끄라는 거지. 잘 자."

그리고 그는 다시 불을 켰다.

"왜 지금 가로등을 다시 켰어요?"

"명령이니까."

가로등 켜는 사람이 대답했다.

"이해가 안 가요."

어린 왕자가 말했다.

"이해할 필요없어. 명령은 명령이니까. 안녕."

가로등 켜는 사람이 말했다. 그리고 가로등을 껐다.

그러고 나서 빨간 체크무늬 손수건으로 이마의 땀을 닦았다.

"난 정말 혹독한 직업을 갖고 있어. 예전에는 그다지 힘들지 않았는데. 아침에 불을 끄고 저녁이면 다시 켰지. 그래서 낮 시간에는 쉬고 나머지 밤 시간에는 잠을 잤어."

"그럼, 그 후 명령이 바뀌었나요?"

"명령은 바뀌지 않았으니 그게 비극이지! 해마다 이

별은 더 빨리 돌고 있는데 명령은 바뀌지 않았단 말이야!"

가로등 켜는 사람이 말했다.

"그래서 어떡해요?"

어린 왕자가 말했다.

"그래서 이젠 별이 1분마다 1회전을 하니까 1초도 쉴 새가 없는 거야. 1분마다 한 번씩 껐다가 켰다가 하는 거지."

"참 이상하네요! 아저씨 별에선 하루가 1분밖에 안 된다니!"

"조금도 이상할 건 없단다. 우리가 얘기하는 사이에 벌써 한 달이 지났단다."

가로등 켜는 사람이 말했다.

"한 달이요?"

"그래. 30분이니까, 30일이지! 잘 자렴."

그리고는 그는 다시 가로등을 켰다.

어린 왕자는 그를 바라보았다. 자기 명령에 이렇게 충실한 그 사람이 좋아졌다. 의자를 좀 당겨서 해가 지는 것을 보던 지난 일이 떠올랐다. 그리고 이 사람을 도와주고 싶었다.

"쉬고 싶을 때 쉴 수 있는 방법이 있어요."

"나는 언제나 쉬고 싶단다."

가로등 켜는 사람이 말했다. 사람은 누구나 성실하면서도 한편 게으름을 피우고 싶은 생각도 드는 법이다. 어린 왕자는 말을 계속했다.

"아저씨 별은 아주 작으니까 세 걸음만 옮기면 어디든 갈 수 있어요. 언제라도 햇빛을 받고 싶으면 천천히 걸어가기만 하면 되요. 쉬고 싶을 때는 걸어가도록 해요. 그럼 하루 해가 원하는 만큼 지속될 거예요."

"그건 별로 도움이 안 되겠는걸. 내가 인생에서 좋아하는 건 잠자는 일이니까."

등을 켜는 사람이 말했다.

"그렇다면 유감이네요."

어린 왕자가 말했다.

"난 운이 나빠. 좋은 아침!"

가로등 켜는 사람이 말했다. 그러고는 등을 껐다.

'저 사람은 왕이나 허세 부리는 사람이나 술주정뱅이, 혹은 사업가 같은 사람들에게 멸시를 받을 테지, 하지만 우스꽝스럽게 보이지 않는 사람은 저 사람뿐이야. 그건 저 사람이 자기 자신이 아닌 다른 것을 보살피고 있기 때

문일 거야.'

더 멀리 여행을 떠나면서 어린 왕자는 생각했다. 그는 섭섭해서 한숨을 내쉬며 혼자 중얼거렸다.

'친구로 삼을 수 있는 사람은 저 사람뿐이었어. 하지만 그의 별은 너무 작아서 두 사람이 있을 자리가 없어.'

어린 왕자가 차마 고백하지 못했던 것은 그 별을 떠나기 가장 아쉬웠던 이유가 그 별이 매일 1,440번이나 해가 지는 축복을 받았기 때문이라는 사실이었다.

15

여섯 번째로 방문한 별은 지난 별보다 열 배나 더 큰 별이었다. 그 별에는 거대한 책을 쓰고 있는 나이 든 학자 한 사람이 살고 있었다.

"야! 탐험가가 한 명 오는구먼!"

어린 왕자를 보고 그가 큰 소리로 외쳤다.

어린 왕자는 탁자 위에 걸터앉아 조금 숨을 몰아쉬었다. 이미 상당히 먼 여행을 한 것이다.

"어디서 오는 거냐?"

학자가 물었다.

"그 큰 책은 뭐예요? 아저씨는 뭘 하시는 거죠?"

어린 왕자가 대답하지 않고 되물었다.

"난 지리학자란다."

학자가 말했다.

"지리학자가 뭔가요?"

"바다와 강과 도시와 산, 그리고 사막이 어디에 있는

지를 연구하는 사람이지.”

“그거 참 재미있군요. 드디어 진정한 직업을 가진 분이 있네요!”

어린 왕자는 지리학자의 별을 한 번 둘러보았다. 여태껏 그처럼 멋지고 아름다운 별을 본 적이 없었다.

“아저씨의 별은 참 아름답군요. 여기엔 바다가 있나요?”

“난 모르겠다.”

지리학자가 대답했다.

“오!” 어린 왕자는 실망했다. “그럼 산은 있나요?”

"난 몰라."

지리학자가 말했다.

"그럼 도시와 강과 사막은요?"

"그것도 알 수 없다."

지리학자가 말했다.

"아저씨는 지리학자잖아요?"

"그렇지. 하지만 난 탐험가는 아니거든. 내 별을 탐험할 사람이 한 명도 없지. 도시와 강과 산, 바다와 대양과 사막을 조사하러 다니는 건 지리학자가 할 일이 아냐. 지리학자는 아주 중요한 사람이니까 그렇게 한가로이 돌아다닐 수가 없지. 서재를 떠나지 않고 서재에서 탐험가들을 만나는 거지. 그들에게 여러 가지 질문을 하고 그들의 여행 경험을 기록하는 거야. 탐험가의 기억 가운데 흥미로운 사실이 있으면 지리학자는 탐험가의 도덕적인 사람인지 조사하기도 하지."

"그건 왜죠?"

"탐험가가 거짓말을 하면 지리책에 큰 오류가 생기게 될 테니까. 탐험가가 술을 너무 마셔도 그렇게 되지."

"그건 또 왜요?"

어린 왕자가 말했다.

"왜냐하면 술에 잔뜩 취한 사람에겐 모든 게 둘로 겹쳐 보이거든. 그러면 지리학자는 하나밖에 없는 산을 두 개라고 기록하게 되는 거야."

"내가 아는 어떤 사람도 그런 엉터리 탐험가가 될 것 같네요."

어린 왕자가 말했다.

"그럴 수도 있지. 그래서 탐험가가 정직하게 보이면 그가 발견한 사실에 관해 조사를 하지."

"누군가 찾아가 보나요?"

"아냐. 그건 너무 번거로운 일이야. 그 대신 탐험가에게 증거물을 요구하는 거야. 예를 들면 커다란 산을 발견했다고 하면 큰 돌을 가져오라고 요구하는 거지."

지리학자가 돌연 흥분하여 질문했다.

"근데 너는 멀리서 왔지! 네가 바로 탐험가야! 너의 별이 어떤지 이야기해 다오!"

그러더니 지리학자는 큰 공책을 펼치고 연필을 깎았다. 탐험가의 이야기를 처음에는 연필로 적었다가 나중에 그가 증거물을 가져오면 잉크로 적는 것이다.

"자, 그럼 말해 볼래?"

지리학자가 기대를 품고 말했다.

"아, 제 별은 별로 흥미로운 게 없어요. 아주 작거든요. 화산이 세 개 있어요. 둘은 활화산이고 하나는 휴화산이지요. 하지만 어떻게 될지는 몰라요."

"그래, 어떻게 될지는 모르는 거지."

지리학자가 말했다.

"꽃도 한 송이도 있어요."

"우린 꽃은 기록하지 않는다."

지리학자가 말했다.

"왜요? 그게 별에서 가장 예쁜 생물인 걸요!"

"꽃은 일시적인 존재니까 기록하지 않는다."

"'일시적인 존재'가 뭐예요?"

"지리책은 모든 책 가운데 가장 중요한 책이야. 지리책은 유행을 타는 일도 없지. 산이 위치를 바꾸는 일은 거의 없고 바닷물이 말라버리는 일도 없어. 우리는 영속적인 것들을 기록하는 거야."

"하지만 휴화산이 다시 활동할 수도 있어요. '일시적인 존재'란 뭐예요?"

어린 왕자가 말을 가로막았다.

"화산이 조용히 있든 활동하든 우리에게는 마찬가지야. 우리에게 중요한 건 산이라는 거지. 산은 변하지 않거든.”

“그런데 ‘일시적인 존재’란 뭐예요?”

한 번 던진 질문은 결코 포기해 본 적이 없는 어린 왕자가 다시 물었다.

“그건 ‘얼마 후에 사라져 버릴 위험에 처해 있다’는 뜻이지.”

“내 꽃은 얼마 후에 사라져 버릴 위험에 처해 있나요?”

“물론이지.”

‘내 꽃은 일시적 존재야. 세상에 대항할 무기라곤 네 개의 가시밖에 없고! 그런데 나는 그 꽃을 내 별에 혼자 내버려두고 왔어!’ 하고 어린 왕자는 생각했다.

어린 왕자는 처음으로 후회가 들었다. 하지만 용기를 내어 물었다.

“제가 어디를 가 보는 게 좋을까요?”

“지구라는 별에 가 보거라. 대단한 명성을 가진 별이거든.”

그리하여 어린 왕자는 그의 꽃을 생각하면서 여행을 떠났다.

16

그렇게 해서 일곱 번째 별은 지구였다.

지구는 흔히 볼 수 있는 평범한 별이 아니다. 그곳에는 111명의 왕(물론 흑인 왕을 포함해서)과 7천 명의 지리학자와 90만 명의 사업가, 750만 명의 술주정뱅이, 3억 1천1백만 명의 허세 부리는 사람들, 약 20억 명의 어른들이 살고 있다. 전기가 발명되기 전까지는 6대륙 전역에 462,511명이나 되는 가로등 켜는 사람을 두어야 했다는 이야기를 들으면 여러분은 지구가 얼마나 큰지 짐작할 수 있을 것이다.

좀 멀리 떨어진 곳에서 보면 눈부신 광경이 벌어지는 것이었다. 등을 켜는 사람들이 무리지어 움직이는 모습은 오페라의 발레단처럼 질서정연한 것이었다. 맨 처음은 뉴질랜드와 호주의 가로등 켜는 사람들의 차례였다. 가로등을 켜고 나면 그들은 잠을 자러 갔다. 그러고 나면 중국과 시베리아의 작업자들이 발레 무대에 나타났다.

그들 역시 무대 뒤로 살짝 몸을 감추고 나면 러시아와 인도의 가로등 켜는 사람들이 나타나는 것이었다. 그 다음에는 아프리카와 유럽의 작업자들, 그 다음에는 남미의 가로등 켜는 사람들, 또 그 다음에는 북미의 가로등 켜는 사람들이 차례로 나타났다. 그런데 그들은 무대에 나타나는 순서를 틀리는 법이 없었다. 그것은 무척 장엄한 광경이었다.

오직 북극에 한 개밖에 없는 가로등을 켜는 사람과 남극에 한 개밖에 없는 가로등을 켜는 그의 동료만이 한가하고 걱정 없는 생활을 하고 있었다. 그들은 일 년에 두 번만 바쁠 것이다.

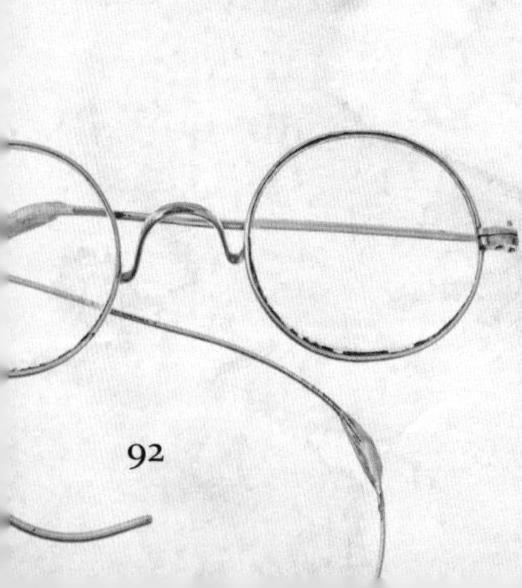

17

이야기를 재미있게 하다 보면 때로 진실에서 벗어나기도 한다. 가로등 켜는 사람에 대한 내 이야기는 아주 정직한 것은 아니다. 지구를 잘 알지 못하는 사람들에게 지구에 대한 잘못된 인식을 갖게 할 수도 있는 이야기였다. 사람들이 지구 위에서 차지하는 면적은 사실 아주 작은 것이다. 지구에 사는 20억 명의 인구가 어떤 모임에서처럼 서로 가까이 붙어 서 있다면 세로 32km 가로 32km 넓이의 광장으로 충분할 것이다. 그들은 태평양의 아주 작은 섬에 겹쳐 쌓아 놓을 수도 있을 것이다.

물론 여러분이 이런 말을 하면 어른들은 믿으려 들지 않을 것이다. 그들은 상당한 면적을 차지하고 있다고 생각하기 때문이다. 그들은 자신들이 바오밥나무처럼 중요하다고 생각하고 있다. 그러니까 여러분은 그들에게 계산을 해보라고 말해주어야 한다. 그들은 숫자를 좋아하니까. 그럼 그들은 만족해할 것이다. 하지만 여러분은 그

어린 왕자가 지구에 도착했을 때,
그는 사람들 모습이 전혀 보이지 않아서 굉장히 놀랐다.

런 지루한 계산을 하느라 시간을 낭비할 필요는 없다. 그것은 불필요한 것이다. 나는 여러분이 내게 신뢰를 품고 있음을 안다.

어린 왕자가 지구에 도착했을 때, 그는 사람들 모습이 전혀 보이지 않아서 굉장히 놀랐다. 혹시 엉뚱한 별에 찾아온 게 아닌가 두려워지기 시작할 무렵 달빛을 닮은 금색 밧줄 같은 것이 모래 위에 번득거렸다.

"좋은 저녁이네!"

어린 왕자가 점잖게 인사했다.

"좋은 저녁이야."

뱀이 인사했다.

"내가 도착한 여기가 무슨 별이지?"

어린 왕자가 물었다.

"지구야. 여긴 아프리카지."

뱀이 대답했다.

"그렇구나! 그럼 지구에는 사람이 없니?"

"여긴 사막이야. 사막에는 사람이 살지 않아. 지구는 아주 거대하거든." 뱀이 말했다.

어린 왕자는 돌멩이 위에 걸터앉아 눈을 들어 하늘을 바라보았다.

"별들이 빛나는 건 누구든 언젠가 자기 별을 찾아내게 하기 위해서가 아닐까? 내 별을 봐. 바로 우리 위에 있어. 그런데 어쩌면 저렇게 멀까!"

"아름다운 별이구나. 여긴 뭘 하러 온 거니?"

뱀이 말했다.

"난 어떤 꽃이랑 문제가 있었단다."

어린 왕자가 말했다.

"아하!"

뱀이 대답했다. 그리고 그들은 잠시 말이 없었다.

"사람들은 어디에 있니? 사막은 좀 외롭구나……."

어린 왕자가 대화를 다시 시작했다.

"사람들 사이에 있어도 외로운 거야."

뱀이 말했다.

어린 왕자는 그를 한참 쳐다보았다.

"넌 재미있게 생긴 동물이구나. 손가락처럼 가느다랗고……." 그가 말했다.

"하지만 내가 왕의 손가락보다 더 힘이 세단다."

뱀이 말했다.

어린 왕자는 미소를 지었다.

"넌 그렇게 힘이 세지 않아. 발이 없으니까 여행을 할

넌 재미있게 생긴 동물이구나.
손가락처럼 가느다랗고…

수도 없잖아…….”

“난 배보다 멀리 너를 데려다줄 수도 있어.”

뱀이 말했다.

그는 어린 왕자의 발목을 금팔찌처럼 휘감고 말했다.

“누구든 내가 건드리면 그가 나왔던 땅으로 돌려보내지. 하지만 너는 순진하고 진실하고 또 다른 별에서 왔으니까…….”

어린 왕자는 대답하지 않았다.

“너처럼 연약한 아이가 바위투성이 지구에 있는 것을 보니 불쌍한 생각이 드는구나. 나중에 네 별이 그리워져서 참을 수 없으면 내가 너를 도와줄 수 있어. 내가…….”

“응! 네 말은 잘 알았어. 근데 넌 왜 언제나 수수께끼 같은 말만 하니?” 어린 왕자가 말했다.

“난 그것들을 전부 풀 수 있어.” 뱀이 말했다.

그리고 둘 다 침묵했다.

18

어린 왕자는 사막을 가로질러 갔지만 꽃 한 송이밖에 만나지 못했다. 꽃잎이 세 장밖에 없는, 아주 볼품없는 꽃이었다.

"안녕!"

어린 왕자가 인사했다.

"안녕!"

꽃이 인사했다.

"사람들은 어디에 있나요?"

어린 왕자가 정중하게 물었다. 그 꽃은 언젠가 대상(隊商)이 지나가는 것을 본 적이 있었다.

"사람들이요? 대충 예닐곱 사람 있는 것 같아요. 몇 해 전에 그들을 본 적이 있어요. 하지만 그들이 어디 있는지는 알 수 없어요. 바람이 그들을 날려 보내버렸거든요. 그들은 뿌리가 없어서 살아가기가 힘들 거예요."

"잘 있어요!"

어린 왕자가 말했다.

"잘 가요!"

꽃이 말했다.

19

어린 왕자는 높은 산으로 올라갔다. 그가 여태껏 아는 산이라곤 자기 무릎 높이 밖에 안 되는 세 개의 화산이 전부였다. 그는 휴화산을 발을 올려놓는 발판으로 이용하곤 했다.

'이렇게 높은 산에서는 이 별 전체와 사람들을 한 눈에 볼 수 있을 거야.'

그러나 그는 바늘처럼 뾰족하게 솟은 산봉우리들밖에 보지 못했다.

"안녕!"

그가 공손하게 말했다.

"안녕… 안녕… 안녕…"

메아리가 대답했다.

"너는 누구니?"

어린 왕자가 말했다.

"너는 누구니… 너는 누구니… 너는 누구니…"

메아리가 대답했다.

"내 친구가 되어 줘. 나는 외로워."

그가 말했다.

"외로워… 외로워… 외로워…"

다시 메아리가 대답했다.

'여긴 참 이상한 별이네! 메마르고 뾰족뾰족하고 거칠고 험해. 게다가 사람들은 상상력이 없어서 남이 한 말을 되풀이하는군…… 내 별에는 꽃 한 송이뿐이었지만, 꽃은 언제나 내게 먼저 말을 걸어줬는데…….'

여긴 참 이상한 별이네!
메마르고 뾰족뾰족하고 거칠고 험해.

20

어린 왕자는 오랫동안 모래와 바위와 눈길을 지나고 나서 드디어 길을 하나 발견했다. 모든 길은 사람들이 사는 곳으로 통하는 법이다.

"안녕!"

그가 말했다.

그는 장미가 활짝 핀 정원 앞에 서 있었다.

"안녕!"

장미꽃들이 말했다.

어린 왕자는 그들을 쳐다보았다. 그들은 모두 그의 꽃과 똑같아 보였다.

"너희는 누구니?"

충격을 받은 어린 왕자가 따지듯 물었다.

"우리는 장미꽃이야."

장미들이 일제히 말했다.

슬픔이 가득 차 올랐다. 그의 꽃은 우주 어디에도 자기와 똑같은 꽃은 없다고 그에게 말했었다. 그런데 여기 정원 한 곳에만 그와 똑같은 꽃이 5천 송이나 피어있는 게 아닌가!

'내 꽃이 이걸 보면 몹시 상심할 거야.' 어린 왕자는 생각했다. '심하게 콜록거리면서 비웃음을 당하지 않으려고 죽는 시늉을 할 거야. 그럼 난 간호라도 해주는 척해야만 하겠지. 그렇게 하지 않으면 내게 죄책감을 안겨주려고 정말로 죽어 버릴지도 몰라…….'

그는 계속해서 생각했다.

'이 세상에 오직 하나뿐인 꽃을 가졌으니 내가 부자인 줄 알았는데, 내가 가진 꽃은 그저 흔한 꽃 한 송이일 뿐이야. 평범한 장미 한 송이와 내 무릎까지 오는 높이의 화산 세 개(그리고 그 중 하나는 영원히 꺼져 버렸을지도

몰라)를 가졌다고 내가 매우 위대한 왕자라고 할 수는 없어…….'

그래서 그는 풀숲에 엎드려 슬피 울었다.

그래서 그는 풀숲에 엎드려 슬피 울었다.

21

여우가 나타난 것은 바로 그때였다.

"안녕!"

여우가 말했다.

"안녕!"

어린 왕자는 예의 바르게 대답하고 주위를 둘러봤으나 아무것도 보이지 않았다.

"난 여기 사과나무 밑에 있어."

목소리가 말했다.

"너는 누구니? 넌 참 예쁘게 생겼구나."

어린 왕자가 말했다.

"난 여우야."

여우가 말했다.

"여기 와서 함께 놀자. 난 아주 우울하단다."

어린 왕자가 제안했다.

"난 너랑 같이 놀 수 없어. 나는 길들여지지 않았으니

까."

여우가 말했다.

"아, 그러니. 미안해."

어린 왕자가 잠시 생각해 본 후에 다시 말했다.

"'길들인다'는 게 무슨 뜻이니?"

"넌 여기 사는 애가 아니구나. 네가 찾는 건 뭐니?"

여우가 물었다.

"난 사람들을 찾고 있어. '길들인다'는 게 뭐니?"

어린 왕자가 말했다.

"사람들은 총을 가지고 사냥을 하지. 그건 내게 곤란한 일이야! 그들은 닭도 길러. 그것이 그들의 유일한 관심사지. 너 닭을 찾는 거니?”

여우가 물었다.

“아니야. 난 친구를 찾고 있어. ‘길들인다’는 게 무슨 말이지?”

어린 왕자가 말했다.

“그건 아주 흔히 무시되는 행위야. 그건 ‘관계를 맺는다’는 말이야.”

여우가 말했다.

“관계를 맺는다고?”

“그래.”

여우가 말했다.

“나에게 너는 아직 수많은 아이들과 다르지 않아. 그래서 난 네가 필요하지 않고. 또 너에게 나는 수많은 다른 여우와 같은 한 마리 여우에 지나지 않아. 하지만 네가 나를 길들인다면 우리는 서로 필요한 존재가 되는 거야. 나에게 너는 세상에서 유일한 존재가 되고, 너에게 나는 역시 세상에서 유일한 존재가 되는 거야.”

“무슨 말인지 슬슬 이해가 된다.”

어린 왕자가 말했다.

“꽃이 하나 있어… 그 꽃이 나를 길들인 거야.”

"그럴 수도 있지. 지구에는 온갖 일들이 있으니까."

여우가 말했다.

"아, 아니야! 지구 얘기가 아니야."

어린 왕자가 말했다.

여우는 당황하여 몹시 궁금한 표정이었다.

"그럼 다른 별에서 그랬니?"

"그래."

"그 별엔 사냥꾼들이 있니?"

"아니, 없어."

"아, 그럼 재미있군! 그럼 닭은?"

"없어."

"세상에 완벽한 곳은 없구나."

사람들은 총을 가지고 사냥을 하지.

여우는 한숨을 쉬었다. 하지만 여우는 자기 생각으로 돌아갔다.

"내 생활은 아주 단순하단다. 나는 닭을 사냥하고 사람들은 나를 사냥하지. 닭들은 모두 똑같고 사람들도 모두 똑같아. 그래서 이제 좀 싫증이 난다. 하지만 네가 나를 길들인다면 태양이 내 생활을 환히 비춰주는 것과 같을 거야. 나는 다른 모든 발소리와 너의 발소리를 구별할 수 있게 되겠지. 다른 발소리들은 나를 땅속으로 기어들어 가게 하겠지만, 너의 발소리는 음악처럼 땅굴에서 나를 밖으로 불러낼 거야! 그리고 저길 봐! 저기 밀밭이 보이지? 난 빵을 먹지 않아. 밀은 내겐 아무 소용도 없는 거야. 밀밭은 나에게 아무것도 생각나게 하지 않아. 그건 슬픈 일이지! 그런데 너는 금빛 머리칼을 가졌어. 네가 나를 길들인다면 정말 근사할 거야! 밀도 금빛이니까 밀을 보면 네 생각이 나겠지. 그럼 난 밀밭 사이를 지나가는 바람소리도 사랑하게 될 거야."

여우는 오랫동안 어린 왕자를 응시하더니 말했다.

"부탁할게… 나를 길들여 줘!"

"나도 꼭 그러고 싶어."

어린 왕자는 대답했다.

"하지만 내겐 시간이 많지 않아. 친구들을 찾아내야 하고 알아야 할 것도 많아."

"우리는 자기가 길들이는 것만 알 수 있는 거란다."

여우가 말했다.

"사람은 이제 뭔가를 이해할 수 있는 시간이 없어. 그들은 가게에서 이미 만들어진 것을 사거든. 그런데 우정을 살 수 있는 가게는 없으니까 사람들에겐 이제 친구가 없는 거지. 네가 친구를 갖고 싶다면 나를 길들여 줘."

"너를 길들이려면 어떻게 해야 하니?"

어린 왕자가 물었다.

"인내심이 있어야 해."

여우가 대답했다.

"일단 내게서 좀 떨어져서 그렇게 풀숲에 앉아 있어. 난 너를 살짝 쳐다볼 거야. 넌 아무 말도 하지 마. 말은 오해의 근원이지. 넌 날마다 내게 점점 더 가까이 앉을 수 있을 거야……."

다음날 어린 왕자가 다시 찾아왔다.

"늘 같은 시간에 오는 게 좋을 거야."

여우가 말했다.

"예를 들어 네가 오후 네 시에 온다면 난 세 시부터 행복해지기 시작할 거야. 그때 시간이 지날수록 난 점점 더 행복해지겠지. 네 시에는 가슴이 두근거려 안절부절 못할 거야. 나는 너에게 내가 얼마나 행복한지 보여주게 될 거야! 하지만 네가 아무 때나 온다면 내 마음이 몇 시에 너를 맞이할 준비를 해야 할지 모르잖아……. 지켜야 할 적절한 의식이 필요한 거야……."

"의식이 뭐야?"

어린 왕자가 물었다.

"그것 역시 너무나 소홀히 다루어지는 거야."

여우가 말했다.

"그건 어떤 날을 다른 날들과 다르게 만들고, 어떤 시간을 다른 시간과 다르게 만드는 거지. 예를 들면 내가 아는 사냥꾼들에게도 의식이 있어. 목요일이면 그들은 마을 처녀들과 춤을 추지. 그래서 목요일은 나에게 마음 편한 날이지! 난 포도밭까지 산책을 갈 수도 있어. 사냥꾼들이 매일 춤을 춘다면, 모든 날이 똑같아져 버리잖아. 그럼 나에겐 휴일이 없어질 거야."

그래서 어린 왕자는 여우를 길들였다. 헤어질 시간이 다가왔을 때 여우는 말했다.

"아! 눈물이 날 것 같아."

네가 오후 네 시에 온다면

난 세 시부터 행복해지기 시작할 거야.

"그건 네 잘못이야. 나는 네 마음을 아프게 할 생각은 없었어. 하지만 넌 내가 길들여 주길 원했잖아."

어린 왕자가 말했다.

"응, 그랬지."

여우가 말했다.

"하지만 넌 곧 울고 말겠구나!"

어린 왕자가 말했다.

"응, 그렇겠지."

여우가 말했다.

"그러면 넌 이익을 본 게 아무것도 없잖아!"

"이익을 본 게 있어. 밀밭의 색깔 때문에 말이야."

여우가 말했다. 잠시 후 그가 다시 말을 이었다.

"장미꽃들을 다시 가서 봐. 너는 네 장미꽃이 세상에 오직 하나뿐이라는 걸 알게 될 거야. 그리고 내게 돌아와서 작별인사를 해줘. 그러면 내가 네게 한 가지 비밀을 선물할게."

어린 왕자는 장미들을 보러 갔다.

"너희는 내 장미와 전혀 닮지 않았어. 너희는 아직 아무것도 아니야."

그들에게 그는 말했다.

"아무도 너희를 길들이지 않았고 너희도 아무도 길들이지 않았어. 너희는 내가 처음 보았을 때의 여우와 같아. 그는 수많은 다른 여우들과 같은 여우일 뿐이었어. 하지만 내가 그를 친구로 만들었기 때문에 그는 이제 이 세상에 오직 하나뿐인 여우야."

그러자 장미들은 당황스러웠다.

"너희는 아름답지만 텅 빈 것 같아."

어린 왕자가 계속했다.

"누가 너희를 위해서 죽지는 않을 테니까. 물론 내 꽃도 지나가는 사람에겐 너희와 똑같아 보이겠지. 하지만 나에게 그 꽃은 너희 모두보다도 더 소중해. 내가 그녀에게 물을 주었기 때문이지. 내가 유리덮개를 덮어 주었기 때문이고. 울타리를 만들어 보호해 주기도 했어. 내가 벌레를 잡아 준 것(나비가 되라고 두세 마리 남겨둔 것은 빼고)도 그 꽃을 위해서지. 그녀가 불평을 하거나 잘난 체 하거나, 때로는 침묵을 지키는 것을 내가 귀 기울여 들어준 것도 그녀이기 때문이지. 왜냐하면 그녀는 내 꽃이니까."

그리고 그는 여우에게 돌아갔다.

"잘 가."

여우가 말했다.

"내 비밀은 바로 이거야. 아주 단순한 비밀이지. 마음으로 봐야 잘 볼 수 있다는 거야. 가장 중요한 건 눈에 보이지 않으니까."

"가장 중요한 건 눈에는 보이지 않는다."

잊어버리지 않기 위해 어린 왕자가 반복했다.

"너의 장미를 그토록 소중하게 만든 건 그 꽃을 위해 네가 소비한 그 시간이란다."

"내가 나의 장미를 위해 소비한 시간이다."

잊지 않기 위해 어린 왕자가 따라 말했다.

"사람들은 이 진리를 잊어버렸어."

여우가 말했다.

"하지만 너는 네가 길들인 것에 대해 영원히 책임이 있어. 너는 네 장미에 대해 책임이 있어."

"나는 장미에 대한 책임이 있어."

확실히 기억하기 위해 어린 왕자가 따라했다.

22

"안녕하세요!"

어린 왕자가 말했다.

"안녕!"

철도의 전철수가 말했다.

"여기서 무슨 일을 하세요?"

어린 왕자가 물었다.

"나는 승객을 천 명씩 나누는 일을 한단다. 그들을 태우고 가는 기차를 한 번은 오른쪽 선로로, 어떤 때는 왼쪽 선로로 보내는 거지."

전철수가 말했다.

불을 밝게 켠 급행열차가 천둥 같은 소리를 내며 철도 기술자의 조종실을 흔들며 질주했다.

"저 사람들은 몹시 서두르네요. 그들은 뭘 찾는 거죠?"

어린 왕자가 물었다.

"그건 기관사도 모르지."

전철수가 말했다.

그러자 반대편 방향에서 등을 켠 두 번째 급행열차가 천둥 같은 소리를 내면서 달려왔다.

"그들이 벌써 돌아오는 건가요?"

어린 왕자가 물었다.

"아까 그 사람들이 아니야. 서로 엇갈려 달리는 거지."

"그들은 살던 곳이 마음에 들지 않았나 봐요?"

어린 왕자가 물었다.

"사람은 자기가 있는 곳에서는 만족하지 못한단다."

전철수가 말했다.

그러자 세 번째의 등을 켠 급행열차가 요란스럽게 달려왔다.

"저 사람들은 첫 번째 기차를 쫓아가는 건가요?"

어린 왕자가 물었다.

"그런 건 아냐."

철도원이 말했다.

"그들은 차안에서 잠을 자거나 하품을 하고 있지. 어린 아이들만 차창에 코를 납작 대고 밖을 구경하고 있지."

"어린 아이들만이 스스로 무엇을 찾고 있는지 알고 있어요."

어린 왕자가 말했다.

"아이들은 누더기 인형을 가지고 시간을 보내요. 그것은 그들에겐 아주 중요하거든요. 그래서 누가 그걸 빼앗아 가면 울고 말아요……."

"아이들은 행복하구나."

전철수가 말했다.

23

"안녕하세요!"

어린 왕자가 말했다.

"안녕!"

장사꾼이 말했다.

그는 갈증을 없애주는 알약을 파는 사람이었다. 일주일에 한 알만 먹으면 아무것도 마시지 않아도 괜찮다는 것이었다.

"왜 이걸 팔아요?"

어린 왕자가 말했다.

"이게 시간을 엄청나게 절약시켜 주거든. 전문가들이 계산해서 말해주었단다. 이 약을 먹으면 일주일에 53분이나 절약하게 된다는 거야."

장사꾼이 말했다.

"절약된 53분으로 뭘 하는 거죠?"

"하고 싶은 일을 하겠지."

'만일 내게 자유로운 53분의 시간이 있다면 신선한 물이 담긴 우물로 천천히 걸어갈 텐데…….'

어린 왕자는 생각했다.

24

비행기가 사막에서 고장을 일으킨 지 8일째 되는 날이었다. 나는 간직해 두었던 물을 마지막 남은 한 방울까지 마시며 알약 파는 장사꾼에 관한 이야기를 들었다.

"네 여행담은 참 아름답구나. 하지만 난 아직도 비행기를 고치지 못했어. 더 마실 것도 없고. 맑은 물이 담긴 우물을 향해 천천히 걸어갈 수 있다면 나도 행복하겠다!"라고 말했다.

"내 친구 여우는……."

어린 왕자가 내게 말했다.

"이봐 꼬마 친구, 여우 이야기나 할 때가 아냐!"

"왜요?"

"난 목이 말라 죽을 것 같으니까……."

그는 내 말을 알아듣지 못하고 이렇게 대답했다.

"설사 죽어간다 해도 친구가 있다는 건 좋은 일이에요. 난 여우 친구가 있었다는 게 무척 기뻐요……."

'저 아이는 지금 상황이 얼마나 절박한지 짐작을 못하는군. 저 아이는 배고픔도 갈증도 느낀 적이 없다. 햇살만 조금 비치면 그에겐 충분한 거야.' 나는 생각했다.

그런데 그가 나를 가만히 쳐다보더니 내 마음을 읽은 듯 이렇게 말하는 것이었다.

"나도 목이 말라요. 우물을 찾으러 가요!"

나는 지쳤다는 몸짓을 해보였다. 막막한 사막 한가운데에서 무턱대고 우물을 찾아 나선다는 건 어처구니없는 일이기 때문이다. 하지만 우리는 걷기 시작했다.

몇 시간 동안 말없이 걷다 보니 어둠이 내리고 별들이 나타났다. 나는 심한 갈증 때문에 열이 조금 있어서 마치 꿈을 꾸는 것처럼 별들을 바라보았다. 어린 왕자의 마지막 말이 내 머리에 흐릿하게 떠올랐다.

"너도 목이 마르니?"

내가 따져 물었다.

하지만 그는 내 물음에 대답하지 않고 이렇게 말했다.

"물은 마음에도 이로운 것이에요."

나는 그의 말을 이해하지 못했지만 잠자코 있었다. 그에게 논리적으로 묻는 것이 불가능하다는 것을 나는 잘 알고 있었다.

그는 지쳐서 모래 위에 앉았다. 나도 곁에 따라 앉았다. 그러자 잠시 침묵이 흐르고 그가 다시 입을 열었다.

"별이 아름다운 것은 보이지 않는 한 송이 꽃 때문이에요."

나는 "응, 그렇구나."라고 대답하고 말없이 달빛 아래 펼쳐진 모래 언덕을 바라보았다.

"사막은 아름다워요."

그가 말했다.

그것은 사실이었다. 나는 언제나 사막이 사랑스러웠다. 모래 언덕에 앉으면 아무것도 보이지 않고 들리지도 않는다. 하지만 침묵 속에 뭔가 빛나는 것이 있다.

"사막이 아름다운 것은 어딘가에 우물을 감추고 있기 때문이지……."

어린 왕자가 말했다.

나는 문득 사막의 신비로운 광채를 깨닫고 깜짝 놀랐다. 어린 시절 나는 낡은 집에서 살고 있었다. 그런데 그 집에 보물이 감춰져 있다는 전설이 있었다. 물론 그것을 어떻게 하면 찾아낼 수 있는지 아는 사람은 없었고, 그것을 찾으려 시도한 사람도 없었다. 하지만 그 전설 덕분에 그 집은 아주 매력적으로 보였다. 우리 집은 가장 깊숙한 곳에 보물을 감추고 있는 것이었다…….

"그래. 집이든 별이든 혹은 사막이든 아름답게 만드는 건 눈에 보이지 않는 법이지!"

내가 어린 왕자에게 말했다.

"아저씨가 내 여우 친구와 같은 생각을 하다니 기뻐요."

그가 말했다.

이윽고 어린 왕자가 잠이 들어 나는 그를 안고 다시 걷기 시작했다. 나는 깊은 감동에 사로잡혔다. 부서지기 쉬운 보물을 안고 가는 느낌이었다. 마치 지구에는 그보다 더 연약한 것이 없는 듯한 느낌마저 들었다. 창백한 이마, 꼭 감은 눈, 바람에 날리는 머리카락을 달빛 속에서 바라보며 나는 생각했다.

'여기 내가 보는 건 껍질뿐이야. 가장 중요한 건 눈에 보이지 않는 법이지.'

살짝 벌린 그의 입술이 마치 미소를 띠고 있는 것 같았다. 나는 또 생각했다.

'여기 잠든 어린 왕자가 나를 그렇게 감동시킨 것은 꽃 한 송이에 대한 그의 간절한 애정이고, 그가 잠들었을 때에도 램프의 불꽃처럼 그의 존재를 훤히 비춰주는 한

송이 장미의 모습이야.'

그러자 그가 더욱더 부서지기 쉬운 존재라고 느껴졌다. 어린 왕자가 마치 한 줄기 바람에도 꺼질 수 있는 등불처럼 느껴져서 나는 그를 보호해야겠다고 느꼈다. 그리고 정처 없이 걸어가다가 동이 틀 무렵 나는 우물을 발견했다.

25

"사람들은 급행열차를 타고 급히 가지만 무엇을 찾는지 알지도 못해요. 그래서 분주하게 돌아다니며 흥분하여 빙빙 돌기만 하는 거야……."

어린 왕자가 말했다.

"그래 봐야 헛수고일 뿐인데……."

그가 덧붙였다.

우리가 도착한 우물은 사하라 사막의 다른 우물들과 달랐다. 사하라 사막의 우물은 그저 모래에 파놓은 구멍일 뿐이다. 그런데 이것은 마치 마을에 있는 우물 같았다. 그러나 그곳에 마을 같은 것은 없었으므로 나는 분명히 꿈을 꾸고 있는 거라고 생각했다.

"이상하네."

나는 어린 왕자에게 말했다.

"필요한 모든 게 다 갖춰져 있잖아. 도르래, 물통, 밧줄까지……."

그는 웃으며 밧줄을 잡고
도르래를 움직였다.

어린 왕자는 웃으며 밧줄을 잡고 도르래를 움직였다. 그러자 도르래는 오랫동안 바람이 불지 않아 멈춰 있던 낡은 풍차처럼 삐걱거렸다.

"들려요? 우리가 이 우물을 잠에서 깨우고 있어요. 그래서 우물이 노래를 부르고 있어요."

어린 왕자가 말했다.

나는 그에게 밧줄을 당기는 힘든 일을 시키고 싶지 않았다.

"내가 할게. 너에겐 너무 무거울 거야."

내가 말했다.

나는 두레박을 우물 가장자리 위에 천천히 들어 올려 놓았다. 그렇게 물을 올리느라 힘들었지만 행복했다. 도르래의 노랫소리는 아직도 귀에 울려 퍼졌고, 아직 출렁이는 물속에는 햇살이 반사되는 게 보였다.

"물을 마시고 싶어요. 물을 좀 주세요……."

어린 왕자가 말했다.

그래서 나는 그가 무엇을 찾고 있었는지 알게 되었다.

나는 두레박을 그의 입술로 가져갔다. 그는 눈을 감고 물을 마셨다. 마치 특별한 축제의 음식처럼 달콤했다. 그 물은 분명 흔히 마시던 물과는 다른 것이었다. 그 달콤함은 별빛 아래 힘들게 걸어다닌 일과 도르래의 노래와 내 팔의 수고로 만들어진 것이었다. 그것은 마치 선물처럼 마음을 기쁘게 하는 것이었다. 내가 어린 꼬마였을 때는 크리스마스트리의 불빛과 자정 예배의 음악과 사람들의 따사로운 미소가 내가 받는 선물을 빛나는 것으로 장식해 주었다.

"아저씨가 사는 지구 사람들은 정원에 장미를 5천 송이나 기르지만 그들이 찾는 것을 거기서 발견하지 못해요."

어린 왕자가 말했다.

"그래. 발견하지 못하지."

내가 대답했다.

"그런데 그들이 찾는 것은 꽃 한 송이나 물 한 모금에서 발견될 수도 있어요."

"그래, 맞는 말이야."

내가 대답했다.

그러자 어린 왕자가 말했다.

"그렇지만 눈에는 보이지 않아요. 마음으로 봐야 해요."

나도 물을 마시고 나니 이제 마음이 편안해졌다. 해가

뜨면 모래는 꿀 색깔을 띤다. 나는 그 꿀 색깔을 보고 행복했다.

"아저씨, 약속을 지켜 줘요."

어린 왕자가 다시 내 옆에 앉으며 조용히 말했다.

"무슨 약속?"

"약속했잖아요… 내 양에게 씌워줄 입마개… 난 그 꽃을 책임져야 해요!"

나는 대충 그려 두었던 그림을 주머니에서 꺼냈다. 어린 왕자는 그림을 들여다보더니 웃으며 말했다.

"아저씨가 그린 바오밥나무는 양배추처럼 보여요."

"그런가!"

바오밥나무 그림이라면 난 꽤나 우쭐했었는데!

"여우 그림은… 귀가 뿔처럼 생겼고 너무 길어요."

그는 또 피식 웃었다.

"그건 공평하지 않아, 어린 왕자. 나는 속이 안 보이는 보아뱀하고 속이 보이는 보아뱀밖에 못 그린다니까."

"아, 괜찮아요. 아이들은 다 이해하니까요."

그가 말했다. 나는 그래서 연필로 입마개를 그렸다. 그림을 어린 왕자에게 건네주는데 가슴이 찢어졌다.

"넌 내가 모르는 계획을 짜고 있구나."

하지만 그는 대답하지 않고 대신 이렇게 말했다.

"내가 지구에 도착한 것도… 내일이면 1년째야."

그리고 잠시 묵묵히 있던 그가 말을 했다.

"바로 이 근처에 떨어졌었어요."

그는 얼굴을 붉혔다.

그 말에 나는 다시 이유를 알 수 없는 슬픔을 느꼈다. 그런데 갑자기 한 가지 의문이 떠올랐다.

"그럼 일주일 전에 내가 너를 처음 본 아침, 사람이 사는 지역에서 수천 킬로 떨어진 여기서 네가 혼자 걷고 있었던 것은 우연이 아니었구나. 네가 내려온 지점으로 돌아가던 길이었니?"

어린 왕자는 다시 얼굴이 붉어졌다.

그래서 나는 머뭇거리며 말했다.

"아마 1년을 기념하기 위해서지?"

어린 왕자는 또 얼굴을 붉혔다. 그는 대답하진 않았으나 얼굴을 붉히는 걸로 보아 내 짐작이 맞는 것 같았다.

"아, 두려워지는구나……."

그런데 그가 내 말을 가로막았다.

"아저씨는 이제 일을 해야 하잖아요. 비행기로 돌아가요. 난 여기서 아저씨를 기다리고 있을게요. 내일 저녁에 다시 와줘요…….”

하지만 나는 마음이 불안했다. 여우 이야기가 생각났다. 누군가에게 길들여지면 눈물을 흘릴 각오를 해야 하는 것이다…….

26

우물 옆에는 폐허가 된 돌담이 있었다. 다음날 저녁, 작업을 마치고 돌아오는데 멀리서 어린 왕자가 돌담 위에 걸터앉아 두 다리를 늘어뜨리고 있는 것이 보였다. 그가 말하는 소리가 들렸다.

"그럼 기억 못하는 거구나. 정확한 지점은 여기가 아니야."

다른 목소리가 뭔가 대답을 한 모양이었다. 그가 다시 말했다.

"그래, 맞아! 날짜는 오늘이 맞지만 장소는 여기가 아니야."

나는 돌담을 향해 걸어갔다. 아무도 보이지 않고 아무 소리도 들리지 않는데도 어린 왕자는 다시 대답을 했다.

"…맞아. 모래 위의 내 발자국이 어디서 시작됐는지 가서 봐. 거기서 날 기다리고 있으면 돼. 오늘 밤 그곳으로 갈게."

이제 그만 가봐. 이제 내려갈 거야!

돌담에서 겨우 20미터 떨어진 거리까지 다가갔을 때도 여전히 아무것도 눈에 띄지 않았다.

어린 왕자는 잠시 침묵했다가 말을 했다.

"너의 독은 좋은 거니? 날 오랫동안 아프게 하지는 않을 거지?"

나는 걸음을 멈췄다. 내 가슴이 찢어지는 것 같았다. 하지만 아직 무슨 이야기인지 알 수 없었다.

"이제 그만 가봐. 이제 내려갈 거야!"

그가 말했다.

나는 돌담 밑을 내려다 보다가 기절할 만큼 놀랐다! 거기엔 30초 만에 사람의 목숨을 끊을 수 있는 노란 독사가 어린 왕자를 향해 몸을 꼿꼿이 세우고 있는 것이었다.

나는 권총을 꺼내려고 주머니를 뒤지며 달려갔다. 그러나 내 발자국 소리를 듣자 뱀은 꺼져가는 분수처럼 모래 속으로 스르르 미끄러져 들어가더니 가벼운 쇳소리를 내며 조금도 허둥대지 않고 돌 틈으로 몸을 감추어 버렸다.

나는 돌담으로 달려가 어린 왕자를 품에 안았다. 그의 얼굴은 눈처럼 창백해져 있었다.

"그게 무슨 뜻이지? 왜 뱀과 이야기를 했어?"

나는 그가 항상 목에 감고 있는 금빛 머플러를 풀었다. 그의 관자놀이를 물로 적시고 물을 마시게 했다. 그렇지만 이제 더 이상 그에게 뭔가 물어 볼 용기가 나지 않았다. 그는 심각한 표정으로 나를 쳐다보더니 내 목에 두 팔을 감았다. 그의 심장이 마치 총에 맞아 죽어가는 새의 심장처럼 허약하게 뛰는 것이 느껴졌다.

"엔진에 무슨 문제가 있었던 건지 찾아내서 기뻐요. 이제 집에 돌아갈 수 있겠네요……."

"그걸 어떻게 알았어?"

이제는 거의 포기하고 아무 기대도 하지 않았는데 뜻밖에도 비행기가 성공적으로 수리되었다는 걸 지금 막 그에게 말하려던 참이었다. 그는 내 질문에 아무 대답도 하지 않고 이렇게 덧붙였다.

"나도 오늘 집으로 돌아가게 돼요……."

그러더니 쓸쓸히,

"내가 갈 길은 훨씬 더 멀고… 훨씬 더 힘들어요……."

뭔가 심각한 일이 일어나고 있음을 나는 뚜렷이 느낄 수 있었다. 나는 그를 어린 아이처럼 품안에 꼭 껴안았다. 그런데 마치 내가 붙잡아 줄 새도 없이 그는 곤두박이로 깊은 심연 속에 추락하고 있는 것 같았다.

그는 아득한 곳에서 길을 헤매는 듯한 심각한 눈빛이었다.

"나에겐 아저씨가 그려 준 양이 있어요. 그리고 양을 위한 상자도 있고, 입마개도 있고……."

그리고 그는 슬픈 미소를 보였다.

나는 오랜 시간을 기다렸다. 그가 차츰 조금씩 살아나는 것을 느낄 수 있었다.

"어린 친구, 두려운 거구나……."

그가 무서워하고 있던 건 틀림없었다! 그러나 그는 가볍게 웃어 보였다.

"오늘 저녁엔 더 무서울 것 같아……."

뭔가 돌이킬 수 없는 어떤 일이 벌어진다는 예감에 나는 다시 몸이 얼어붙는 것 같았다. 그 맑은 웃음소리를 더 이상 들을 수 없게 된다는 생각은 견딜 수 없는 일이다. 그것은 나에게 사막에서 마시는 맑은 우물과도 같은 것이었다.

"어린 친구, 네 웃음소리를 다시 듣고 싶구나."

그러나 그는 이렇게 말했다.

"오늘 밤이면 꼭 일 년째가 돼. 나의 별이, 내가 작년 이맘때 내려온 곳 바로 위쪽으로 보일 거야……."

"어린 친구, 그 뱀이나 약속 장소나 별 같은 이야기는 모두 나쁜 꿈이라고 말해다오……."

하지만 그는 내 부탁에 대답하지 않았다. 그는 대신 이렇게 말했다.

"중요한 것은 눈에 보이지 않아요……."

"그래, 알아……."

"꽃도 마찬가지예요. 어느 별에 사는 꽃 한 송이를 사랑한다면 밤에 하늘을 바라보는 일이 즐거울 거예요. 모든 별들이 꽃을 피울 테니까……."

"그래……."

"물도 마찬가지예요. 아저씨가 내게 마시라고 준 물은

음악 같은 것이었어요. 도르래와 밧줄 덕분에…… 물맛이 얼마나 좋았는지 기억하고 있죠?"

"그래……."

"밤이면 별들을 바라봐요. 내 별은 너무 작아서 어디 있는지 지금 보여줄 수가 없어요. 하지만 그게 더 좋아요. 내 별은 아저씨에게는 그냥 여러 별 중의 하나가 되는 거죠. 그럼 아저씨는 모든 별을 바라보는 게 즐거울 테니까…… 별들은 모두 아저씨의 친구가 될 거예요. 그리고 내가 선물을 하나 주려고 해요……."

그는 다시 웃었다.

"아, 어린 왕자여. 사랑스러운 어린 왕자! 난 네 웃음소리가 좋다!"

"그게 내 선물이에요……. 우리가 물을 마실 때와 마찬가지에요……."

"그게 무슨 뜻이지?"

"모든 사람들은 별을 갖고 있어요. 하지만 사람에 따라 별은 서로 다른 존재가 돼요. 여행자에게 별은 길잡이고, 또 어떤 사람들에겐 그저 작은 빛일 뿐이고, 학자에게는 연구해야 할 대상이 되죠. 내가 만난 사업가에겐 재산이고요. 하지만 이 모든 별들은 침묵을 지키고 있어요. 아저씨는 다른 누구도 갖지 못한 별들을 갖게 될 거예요…….”

“그게 무슨 뜻이니?”

“아저씨가 밤하늘을 바라볼 때 내가 무수한 별들 중 하나에서 살고 있을 테니까요. 내가 별들 중 하나에서 웃고 있을 테니까요. 모든 별들이 다 웃고 있는 듯 보이겠죠. 아저씨만이 웃을 줄 아는 별을 갖게 되는 거예요!”

그러고 나서 어린 왕자는 다시 웃었다.

“그리고 아저씨의 슬픔이 진정되면(시간은 모든 슬픔을 진정시키죠) 나랑 알게 된 것을 기뻐하게 될 거예요. 아저씨는 영원히 나의 친구로 남을 거예요. 나와 함께 웃고 싶을 거고. 그래서 그런 기쁨을 위해서 때로는 창문을 열겠지요……. 그럼 아저씨 친구들은 아저씨가 하늘을 바라보며 웃는 걸 보고 깜짝 놀라겠지요! 그러면 그들에게 이렇게 말해요. ‘그래. 난 별을 보면 언제나 웃음이 나와!’ 그들은 아저씨가 미쳤다고 생각하겠지요. 난 그럼 아저씨에게 못된 장난을 친 셈이 되겠지요…….”

그러고 나서 그는 다시 웃었다.

“말하자면 별이 아니라 웃을 수 있는 작은 방울을 아주 많이 내가 아저씨에게 준 셈이 되겠지요…….”

그는 다시 웃었다. 그러고 나서 그는 갑자기 다시 심각해졌다.

"오늘 밤에는… 오지 마세요."

"난 네 곁을 지키고 있을 거야."

"내가 괴로워하는 것처럼 보일 거예요. 죽어가는 것처럼 보일지도 몰라요. 그런 거니까 일부러 보러 오지 마세요. 그럴 필요 없어요."

"난 네 곁을 떠나지 않을 거야."

그러나 그는 걱정스럽게 말했다.

"내가 이렇게 얘기하는 건… 뱀 때문이에요. 뱀이 아저씨를 물면 안 되거든요… 뱀은 난폭한 동물이에요. 재미로 물 수도 있어요……."

"난 네 곁을 떠날 수 없어."

그러나 그는 어떤 생각을 하고는 안심하는 듯했다.

"맞아. 뱀이 두 번째 물 때는 더 이상 독이 없지."

그날 밤 나는 그가 떠나는 것을 보지 못했다. 그는 소리 없이 사라져 버린 것이다. 내가 뒤쫓아 가서 그를 보았을 때 그는 재빠른 걸음으로 흔들림 없이 걷고 있었다. 그는 이렇게 말할 뿐이었다.

"아! 아저씨군요……."

그러고 나서 그는 내 손을 잡았다. 그러나 그는 다시 나를 걱정했다.

"아저씨가 온 건 잘못이에요. 마음이 괴로울 텐데. 내가 죽은 것처럼 보일 테니까. 하지만 진짜로 죽는 건 아니에요……."

나는 아무 말도 하지 않았다.

"아저씨도 알다시피… 나는 갈 길이 아주 멀어요. 그래서 이 몸을 가지고 갈 수는 없어요. 너무 무거우니까……."

나는 그저 침묵을 지켰다.

"내 몸은 마치 낡아서 버려진 조개껍데기 같을 거예요. 낡은 조개껍데기 따위를 보고 슬퍼할 필요는 없어요."

나는 아무 말도 하지 않았다. 그는 조금 기운이 없어 보였다. 그러나 다시 한 번 힘을 냈다.

"참 멋질 거예요. 나도 별들을 바라볼 거예요. 모든 별이 녹슨 도르래가 있는 우물로 보이겠지요. 모든 별이 내게 신선한 물을 부어 줄 거예요……."

나는 아무 말도 하지 않았다.

"참 재미있겠지요! 아저씨는 작은 방울을 5억 개나 갖게 되고, 난 5억 개의 우물을 가지게 되는 거니까……."

그리고 그는 더 이상 아무 말이 없었다. 울고 있었기 때문이었다…….

"여기예요. 이제 나 혼자 걸어가게 해주세요."

하지만 그는 두려워서 그 자리에 주저앉고 말았다. 그가 다시 말했다.

"있잖아요. 내 꽃… 나는 그 꽃에 책임이 있어요! 더구나 그 꽃은 몹시 연약하고, 몹시도 순진하거든요. 아무 쓸모도 없는 가시 네 개로 온 세상에 대항해서 자신을 지키려고 하죠……."

나는 더 이상 서 있을 수가 없어서 주저앉았다.

그가 말했다.

"자… 이제 다 끝났어……."

그는 여전히 조금 주저하는 듯 하더니 일어났다. 한 발자국을 내디뎠다. 나는 움직일 수가 없었다.

그의 발목 근처에서 노란 한 줄기 빛이 번쩍했을 뿐이었다. 그는 순간적으로 아무 움직임 없이 서 있었다.

그는 소리 지르지 않았다. 나무가 쓰러지 듯 그는 조용히 쓰러졌다. 모래 때문에 아무 소리도 나지 않았다.

나무가 쓰러지는 듯 그는 조용히 쓰러졌다.
모래 때문에 아무 소리도 나지 않았다.

27

그리고 여섯 해가 지나갔다. 나는 이 이야기를 한 번도 하지 않았다. 다시 만난 친구들은 내가 살아 돌아온 걸 매우 기뻐했다. 나는 슬펐지만 친구들에겐 그저 "좀 피곤해서."라고만 말했다.

이제는 내 슬픔도 다소 가라앉았다. 완전히 사라진 것은 아니라는 뜻이다. 그래도 나는 그가 자기 별로 돌아갔다는 걸 알고 있다. 새벽에 동이 텄을 때 그의 몸을 다시 찾을 수 없었던 것이다. 그다지 무겁지 않은 몸이었다……. 그래서 밤마다 나는 별들에 귀 기울이기를 좋아한다. 별들은 마치 5억 개의 작은 방울 같다…….

그런데 한 가지 특별한 문제가 있다. 어린 왕자에게 그려 준 입마개에 가죽 끈을 묶는 걸 내가 깜박 잊어버린 것이다! 어린 왕자는 그걸 양에게 매줄 수가 없었을 것이다. 그래서 나는 '그의 별에서 무슨 일이 일어나고 있을까? 혹시 양이 꽃을 먹어버리지는 않았을까?' 궁금해지곤 한다.

어떤 때는 이렇게 생각한다.

'그럴 리 없지! 어린 왕자는 꽃을 매일 밤 유리덮개로 잘 덮어 줄 것이고 양도 잘 지켜볼 거야.'

그러면 나는 행복해진다. 그리고 모든 별들이 달콤하게 웃는다.

어떤 때는 이렇게 생각한다.

'어쩌다 한 순간 방심하면 그것으로 끝장인데……! 유리덮개를 씌워주는 걸 잊거나 양이 밤중에 소리 없이 밖으로 나올지도 몰라…….'

그러면 작은 방울들은 모두 눈물로 변한다…….

그건 정말 수수께끼 같다. 어린 왕자를 사랑하는 여러분이나 나나, 우리가 모르는 어딘가에서 우리가 본 적도 없는 양이 장미 한 송이를 먹었느냐, 먹지 않았느냐에 따라서 우주가 달라질 수 있다.

하늘을 바라보라. 그리고 생각해 보라. 양이 장미를 먹었을까, 안 먹었을까? 그러면 그 대답에 따라 모든 것이 얼마나 달라지는지 알게 될 것이다.

하지만 그것이 그렇게도 중요하다는 걸 어른들은 결코 이해하지 못할 것이다!

에필로그

이것은 나에게 세상에서 가장 아름답고도 가장 슬픈 풍경이다. 앞 쪽 것과 같지만 여러분 기억에 남기기 위해 다시 그린 것이다. 어린 왕자가 세상에 나타났다가 다시 사라진 곳이 바로 여기다.

이 그림을 차분히 잘 봐두었다가 여러분이 나중에 아프리카 사막을 여행할 때 이곳을 꼭 알아볼 수 있기를 바란다. 그리고 혹시 이곳을 지나가게 되면, 발걸음을 재촉하지 말고 잠시 별빛 아래에서 기다려 보라.

그때 혹시 어떤 어린 친구가 다가오면, 그가 웃음을 보이며 머리칼은 금빛이고, 묻는 말에 제대로 대답을 하지 않으면 여러분은 그가 누구인지 알게 될 것이다. 그런 일이 생긴다면 부디 나를 위로해 주길! 그가 돌아왔다고 내게 꼭 편지를 보내 주길 바란다.

이것은 나에게
세상에서 가장 아름답고도 가장 슬픈 풍경이다.

생텍쥐페리 연표

1900년 6월 29일 프랑스 리용의 귀족 집안에서 출생

1904년 부친 사망

1912년 르망으로 이사 후 노틀담 드 생크루아 학교 입학

1914년 빌프랑슈 쉬르손 시의 몽그레 중학교에 입학한 후 3개월 뒤 프리브루의 마리아니스트 수도회의 중학교로 전학

1917년 해군학교 입학을 위해 보슈에와 생 루이 고등학교에서 공부하고, 바칼로레아(대학입학자격 시험)에 합격

1919년 해군학교 1차시험에 합격하지만 구술시험에서 낙방. 파리 미술학교 건축학과 건축학교에 입학하여 15개월간 공부

1921년 입대하여 스트라스부르 제2배행연대에 조종술 훈련을 받고 모로코의 제37비행연대에서 민간인 조종사 면허 취득

1923년 소위로 제대한 후 회사 생활을 하면서 비행기 조

종은 취미로 하고 루이즈 드 빌모렝과 약혼

1925년 이모가 운영하는 파리의 레스토랑에서 앙드레 지드, 장 프레보와 친분을 맺음

1926년 장 프레보의 주선으로 '남방 우편기'의 초고에 해당하는 단편소설 '비행사'를 '나비르 다르장' 잡지에 발표. 라테코에르(민간항공사)에 입사하여 아프리카와 남대서양 및 남미를 통과하는 항공우편 항로 개척에 공헌

1929년 프랑스로 귀국하여 '남방 우편기' 발표

1930년 안데스 산맥 횡단비행 중에 실종된 기요메를 찾기 위해 동료와 함께 수색. '야간비행'집필

1931년 '야간비행' 출간되어 페미니 문학상 수상

1934년 에어 프랑스에 입사하여 홍보실에 근무. '야간비행' 미국에서 영화화됨

1935년 '파리수와르'지의 특파원으로 모스크바에 파견되어 모스크바 기행문을 쓰기도 함. 후에 장거리 비행을 시도하다 이집트 사막에 추락하였으나 베두인 대상에 의해 구출됨

1939년 조종사로 일하며 집필한 '인간의 대지'출간. 4월에 아카데미 프랑세스 소설대상 수상. 제2차

세계대전이 발발하자 대위로 동원되어 정찰비행단에 전속됨

1940년 프랑스가 함락하자 미국으로 망명. '전투 조종사' 집필

1943년 미국에서 '어린 왕자'를 출간. 연합군의 북아프리카 공군에 들어가 정찰 임무를 수행

1944년 7월 31일 8시 30분 마지막 정찰비행 출격 후 실종. 독일군 정찰기에 격추되었으리라 추측됨

마 음 을 풍 요 롭 게 바 꾸 는 책 읽 기 의 즐 거 움

독서노트

NO.

년

월

열린문학

독서노트

	읽은 날짜	책제목
01	—	
02	—	
03	—	
04	—	
05	—	
06	—	
07	—	
08	—	
09	—	
10	—	
11	—	
12	—	
13	—	
14	—	
15	—	

작가	페이지	출판사	평가
			그저 그래 재미있어 완전 감동

	읽은 날짜	책제목
01	–	
02	–	
03	–	
04	–	
05	–	
06	–	
07	–	
08	–	
09	–	
10	–	
11	–	
12	–	
13	–	
14	–	
15	–	

작가	페이지	출판사	평가
			그저 그래 / 재미있어 / 완전 감동

01	책제목	작가

좋은 구절

요약 및 느낀점

02	책제목	작가

좋은 구절

요약 및 느낀점

감상 및 마음에 남는 문장

01	책제목	작가

좋은 구절

요약 및 느낀점

02	책제목	작가

좋은 구절

요약 및 느낀점

01	책제목	작가

좋은 구절

요약 및 느낀점

02	책제목	작가

좋은 구절

요약 및 느낀점

감상 및 마음에 남는 문장

01	책제목	작가

좋은 구절

요약 및 느낀점

02	책제목	작가

좋은 구절

요약 및 느낀점

01	책제목	작가

좋은 구절

요약 및 느낀점

02	책제목	작가

좋은 구절

요약 및 느낀점

감상 및 마음에 남는 문장

01	책제목	작가

좋은 구절

요약 및 느낀점

02	책제목	작가

좋은 구절

요약 및 느낀점

01	책제목	작가

좋은 구절

요약 및 느낀점

02	책제목	작가

좋은 구절

요약 및 느낀점

감상 및 마음에 남는 문장

1	책제목	작가

은 구절

약 및 느낀점

2	책제목	작가

은 구절

약 및 느낀점

01	책제목	작가

좋은 구절

요약 및 느낀점

02	책제목	작가

좋은 구절

요약 및 느낀점

감상 및 마음에 남는 문장

01	책제목	작가

좋은 구절

요약 및 느낀점

02	책제목	작가

좋은 구절

요약 및 느낀점

01	책제목	작가

좋은 구절

요약 및 느낀점

02	책제목	작가

좋은 구절

요약 및 느낀점

감상 및 마음에 남는 문장

01	책제목	작가

좋은 구절

요약 및 느낀점

02	책제목	작가

좋은 구절

요약 및 느낀점

01	책제목	작가

좋은 구절

요약 및 느낀점

02	책제목	작가

좋은 구절

요약 및 느낀점

감상 및 마음에 남는 문장

01	책제목	작가

좋은 구절

요약 및 느낀점

02	책제목	작가

좋은 구절

요약 및 느낀점

01	책제목	작가

좋은 구절

요약 및 느낀점

02	책제목	작가

좋은 구절

요약 및 느낀점